## {爱上阅读·中小学生晨读精品选}

高长梅　许高英　主编

Yong yuan
永远
De yang guang
司玉笙 著 的阳光

九州出版社
JIUZHOUPRESS | 全国百佳图书出版单位

**图书在版编目（CIP）数据**

永远的阳光 / 司玉笙著. -- 北京 : 九州出版社,2014.10
(2021.7 重印)

（爱上阅读 : 中小学生晨读精品选 / 高长梅, 许高英主编 ）

ISBN 978-7-5108-2855-3

Ⅰ.①永… Ⅱ.①司… Ⅲ.①小小说 – 小说集 – 中国 – 当代 Ⅳ.①I247.8

中国版本图书馆CIP数据核字（2014）第253777号

**永远的阳光**

作　　者　司玉笙　著
出版发行　九州出版社
地　　址　北京市西城区阜外大街甲35 号（100037）
发行电话　（010 ）68992190/3/5/6
网　　址　www.jiuzhoupress.com
电子信箱　jiuzhou@jiuzhoupress.com
印　　刷　北京一鑫印务有限责任公司
开　　本　720 毫米 × 1000 毫米　16 开
印　　张　9.5
字　　数　155 千字
版　　次　2015 年 5 月第 1 版
印　　次　2021 年 7 月第 4 次印刷
书　　号　ISBN 978-7-5108-2855-3
定　　价　36.00 元

# 阅读随想（代序）

爱上阅读。阅读能使我们进一步获取智慧,获取解决问题的方法与能力。

微信中,有一篇叫《读书的十大好处》的文章流传颇广。它概括的所谓十大好处独树一帜:1.养静气,去躁气;2.养雅气,去俗气;3.养才气,去迂气;4.养朝气,去暮气;5.养锐气,去惰气;6.养大气,去小气;7.养正气,去邪气;8.养胆气,去怯气;9.养和气,去霸气;10.养运气,去晦气。

微信中,还有一篇文章也被大量转发,叫《读书是最好的美容》。文章认为,"人通过读书,在幽幽书香潜移默化的熏陶下,浊俗可以变为清雅,奢华可以变为淡泊,促狭可以变为开阔,偏激可以变为平和"。的确,打开书,便打开了一扇面对世界的窗口,你读天,无际的长天予你灵性;你读地,宽厚的大地赠你理性。打开书,便打开了一面审视生命的镜子,那扑面而来的真善美令人陶醉。

还是微信中的一篇文章,叫《通过阅读解决自己的困惑》。文章认为,阅读不能仅仅是小清新、轻口味、品时尚的浅阅读,有时还得"重口味"。阅读即要脚踏实地,要观看现实,了解人类文化的百态,知识的种种。但是只看"大地"那是不够的,还需要仰望星空,还要读读诸如《论语》、

《庄子》之类的书,以加深我们对人性的理解且不丧失对智慧的信心。

再引用著名作家王蒙先生2013年9月发表在《人民日报》上的《"攻读"的日子哪里去了》中的一段话:离开了阅读,只有浏览与便捷舒适的扫描,以微博代替书籍,以段子代替文章,以传播代替学识,以表演代替讲解,将会逐渐使人们精神懒惰,习惯于平面地、肤浅地接受数量巨大、获得廉价、包含着大量垃圾赝品毒素的所谓信息,丧失研读能力、切磋能力、求真求深的使命与勇气,以至连讨论追究的习惯也不见了,苦思冥想的能力与乐趣也没有了,连智力游戏的水准也降到幼儿级别以下了。这样下去,我们会空心化、浅薄化与白痴化,我们的宝贵的头脑的皱褶将渐渐平滑,我们的"灵"的思辨思维功能将渐渐萎缩,而我们的大脑将只剩下海量获得八卦式的信息然后平面地记忆下来、转销出去的"肉"的能力。

杨绛说得更好:读书正是为了遇见更好的自己。读书到了最后,是为了让我们更宽容地去理解这个世界有多复杂。

爱上阅读。阅读提升我们的素养,阅读最终将改变我们的人生。

第一辑 **岁月如歌**

第二辑 社会百态

## 第三辑 玫瑰丛中

第四辑 异象万千

永远的阳光
*Yong yuan De yang guang*

第一辑
# 岁月如歌

　　从县城回去后不久，蛮七叔在一天夜里悄然离世。他人走后的第三天，他站过的讲台上又挺起了一个人，那人就是玲子。

　　玲子就像一棵树……

# 高等教育

强高考落榜后就随本家哥去了沿海的一个港口城市打工。

那城市很美,强的眼睛就不够用了。本家哥说,不赖吧? 强说,不赖。本家哥说,不赖是不赖,可总归不是自个儿的家,人家瞧不起咱。强说,自个儿瞧得起自个儿就行。

强和本家哥在码头的一个仓库给人家缝补篷布。强很能干,做的活儿精细,看到丢弃的线头碎布也拾起来,留作备用。

那夜暴风雨骤起,强从床上爬起来,冲到雨帘中。本家哥劝不住他,骂他是个憨蛋。

在露天仓垛里,强查看了一垛又一垛,加固被掀动的篷布。待老板驾车过来,他已成了个水人儿。老板见所储物资丝毫不损,当场要给他加薪,他就说不啦,我只是看看我修补的篷布牢不牢。

老板见他如此实诚,就想把另一个公司交给他,让他当经理。强说,我不行,让文化水平高的人干吧。老板说我看你行——比文化水平高的是人身上的那种东西。

强就当了经理。

公司刚开张,需要招聘几个大专以上文化程度的年轻人当业务员,就在报纸上做了广告。本家哥闻讯跑来,说给我弄个美差干干。强说,你不行。

本家哥说,看大门也不行吗? 强说,不行,你不会把这里当自个儿的家。本家哥脸涨得紫红,骂道,你真没良心。强说,把自个儿的事干好才算有良心。

公司进了几个有文凭的年轻人,业务红红火火地开展起来。过了些日子,那几个受过高等教育的年轻人知道了他的底细,心里就起毛了,说,就凭我们的学历,怎能窝在他手下? 强知道了并不恼,说,我们既然在一块儿共事,就把事办好吧。我这个经理的帽儿谁都可以戴,可有价值的并不在这顶帽上……

那几个大学生面面相觑,就不吭声了。

一外商听说这个公司很有发展前途,想洽谈一个合作项目。强的助手说,这可是条大鱼呀,咱得好好接待。强说,对头。

外商来了,是位外籍华人,还带着翻译、秘书一行。

强用英语问,先生,会汉语吗?

那外商一愣,说,会的。强就说,我们用母语谈好吗? 外商就道一声 OK。

谈完了,强说,我们共进晚餐怎么样? 外商迟疑地点了点头。

晚餐很简单,但有特色。所有的盘子都尽了,只剩下两个小笼包子。强对服务小姐说,请把这两个包子装进食品袋里,我带走。虽说这话很自然,他的助手却紧张起来,不住地看那外商。那外商站起,抓住强的手紧紧握着,说,OK,明天我们就签合同!

事成之后,老板设宴款待外商,强和他的助手都去了。

席间,外商轻声问强,你受过什么教育,为什么能做这么好?

强说,我家很穷,父母不识字。可他们对我的教育是从一粒米、一根线开始的。后来我父亲去世,母亲辛辛苦苦地供我上学,她说俺不指望你高人一等,你能做好你自个儿的事就中……

在一旁的老板眼里渗出亮亮的液体。他端起一杯酒,说,我提议敬她老人家一杯——你受过人生最好的教育——把母亲接来吧!

# 鞋样

蔡老师四十多岁才结婚。

在镇中学，他算个顶梁柱，教数学是一流的。他课教得好，就是不讲究衣饰，穿得邋邋遢遢的，走起路来似风筝，侧侧歪歪的。

好在这里的人并不经意这些，只要老师有本事把学生教好就行。

大家看他四十出头仍未成家，都为他操心。其实他在大学时的一个女同学对他很钟情，只是后来他景况日下，"落难"到此，情网便焚。

对过去的事他闭口不谈。掐指一算，给他介绍的足有一打，均不成。这多半怨他自己。他呆得很，总说：我不想再染灰一个……

后来，给他说了一个寡妇，他竟应下了。

他认得那寡妇。寡妇原先是镇里卖菜的张二之妻。张二经常给学校大伙送菜。张二病倒后，就由妻替。那女人来送菜时，身后总跟着两个牛犊般的壮仔……

成婚那日很平常。寡妇带着两个孩子，到屋里恭恭敬敬喊了一声"蔡老师"就算完礼了。让孩子喊"爸爸"，孩子就往母亲身后退，只露四只眼往"爸爸"身上瞧。

蔡老师笑笑，说，住下吧，住下吧。俨然收容所的头儿。

娘仁往屋里一挤就满了。蔡老师无容身之处，只得到外面住。

夏天还好,一领凉席随便往哪儿一铺,拉拉呱,一宿就过去了。冬天难熬些,常和看门人抱脚而睡。

女人很敬他,口口声声称他"蔡老师"。她会过日子,从不乱花一分钱,到月底还能攒几个。尽管瞎字不识,针线活倒好,孩子、大人的衣裳都做得来,自己裁剪,自己缝制。蔡老师身上就鲜亮了一点。只是衣裤的样式老一些,裤裆大,裤腿宽,走起路来,腿间似摆着两把摇扇,活像个乡野的算命先生。蔡老师不在乎这些,叫穿什么就穿什么,心里蛮舒坦的。

蔡老师对两个孩子很好,辅导他俩做作业、看书。没事时,领着他们到镇外的河边玩。两个孩子就在他手底下慢慢长起来……镇里人见了,羡慕得不得了,说寡妇的命儿真好。

那一年赶上恢复评职称,红头文件规定了很多框框,其中一条就是对学历的要求。谁都知道蔡老师是硬邦邦的大学毕业生,教龄又长,有一个中级指标必是他的,眼光都向他投去。

蔡老师并不觉得有什么,每天该干什么干什么,好像与他无多大干系。

有一天,评委会的郑重其事地问他有无毕业证。他一愣,说:有的,有的。评委会的说,那就拿来原件,再复印几份附到申报表上——都要这样。

他就回屋找那小玩意儿,竟没有找到。女人在旁看着,光搓手,问:蔡老师,您找啥?

找一个小本本……

啥样儿的小本本?

蔡老师就说什么颜色的、多大……

女人怔想了一会儿,忽地搬出硕大的针线筐,几扒几不扒,翻出来一个硬本本儿。

是这个不?

蔡老师说:是的,是的……

俺瞧里边的瓤儿又厚又硬,叫俺给孩子剪鞋样了,谁知它有用……

没用,没用,我只是看看,过后再还给你,好吧?

就见女人双膝一软，泪汪汪地跪下了。你捶俺，你捶俺……

蔡老师慌忙去拉她，拉不动，顺势也跪下，两个头就碰到一起……

过了半年，蔡老师的中级职称批下来了。评委们对他的文凭复印件津津乐道——每份复印件上都清楚地落下一个"鞋样儿"……

后来，两个孩子陆续考入大学。其中一个就在蔡老师毕业的那所大学就读。

# 文具盒

厉劲的北风篦子似的梳刮着裸露的皮肤，英的手背上就有了一道道血口子……

娘说，女孩子家能识几个字就行了，遭那个罪咋？

英听了，眼泪就扑簌扑簌掉下来。常沾泪的那地方便有了印痕，似两片干柳叶。

过年了，乡里分给村里一些市里人捐的衣、物，村里再分到户。听到吆喝声，娘带着英去领。

村长的家就是村里办公的地方，只比英的家多一张床和两把一坐就吱吱作响的白茬椅子。

捐物只剩下一双皮鞋、一件半旧的红毛衣和一个塑料文具盒。村长脸上透出难色，说，大妹子，拣一样吧，还有两家哩……

娘就毫不犹豫地抓起那件红毛衣，抖了几料就往英身上套。

英直往后趔趄，眼光却扎在那个文具盒上。娘说，那物件不挡寒，要它咋……

村长讪讪地笑了，说，这闺女有出息……

娘叹了口气，将毛衣在手里窝来窝去，说，你真憨……

英的眼泪又下来了。娘说，甭哭，依着你还不行吗？

得到这个文具盒，英把它当作宝贝，用布包好，放在枕边，从不往书包里装。没人的时候，她就打开它——就像打开了一个天地：文具盒里有花花绿绿的贴画、课程表，还有一杆漂亮的自动铅笔……拿起自动铅笔，她就觉得自己也会坐在市里某个明亮、温暖的教室里……

几年以后，英考上了中专，去市里上学。临上路时，她没忘了将文具盒随身带上。

开学头一天，英拿出文具盒摆在桌上——唯一能和同学一样的，就是这一件了。

同桌的叫丽，家就在市里。看到那个文具盒，丽不屑地一笑。待英掀开它，丽的眼睛就睁大了——那个课程表是她设计的……

丽说，你真爱惜……

英笑了，说，有了这个文具盒，我就不爱哭了。你小时好哭不？

丽不答，脸却红了。她没敢说这个文具盒是为了让妈再买一个更好的而捐出的。当时妈说这还能用，她就闹，还哭鼻子……

英和丽成了好朋友。临近寒假的一个周末，丽邀英去家里玩。英不去，说，我娘说了，不让我到别人家去。

丽说，我妈妈主要是想见见你……

英就去了。

从丽的家回来，英给父母写了一封信。信里说，娘，我想要一件红毛衣……

# 蛮音

王老师不是本地人。他来到这个小镇时只有十九岁,说一口很纯正的普通话。镇里人都叫他"王蛮子"。

他是"戴着帽儿"下来的。据说是犯了很严重的错误,下放到这里是来改造的——20世纪50年代末,这类事司空见惯。

镇里人并不觉得有什么,只是听不惯他的口音,就觉得别扭。背地里说起他,就道:"那个王蛮子……"

王老师也觉得别扭。为了能打成一片,他就努力地学当地土话。谁说了一句很鲜的土话,他就在小笔记本上记下,还注上拼音。

镇里有个鞋匠,当地的俏皮话说得很绝。王老师是在一次补鞋时认识他的。一来二往,两人就成了莫逆之交。有事没事,王老师就往鞋匠那儿跑。跑得勤了,就认得了鞋匠的女儿大萃。大萃好听他说普通话,他一来,大萃就不远不近地站着,或搬只小板凳往近旁一坐。听他说话,就捂着嘴叽叽地笑……

后来,王老师被"摘了帽儿",到镇小学教书。镇小学离鞋匠的住处不远,大萃就常给他送饭。王老师那时的本地土话已经说得很地道,学生们都听得懂。不经意冒出一句普通话,调皮的学生就会在底下捏着鼻子阴声怪调地学他:为什么呢,为什么呢?

这一学,课堂里就涨满了笑声。

大萃不知怎的知晓了这件事。待放了学,在院子里揪住那调皮学生乱凿。那学生喊着求饶,用书包遮住头飞一般跑了。

不要打他,不要打他。王老师劝大萃。

俺偏不,俺偏不! 大萃道。你不能打,俺能打!

这以后,没有学生再敢和王老师"唱双簧"。王老师也很注意,课堂上从不漏半点"蛮音"。

不几个月,大萃成了王老师的新娘。学校没有地方住,王老师就搬到鞋匠那儿。有了妻子有了家,王老师过得还是蛮舒坦的。没事的时候,他和鞋匠海天云地闲扯。一盘花生米、两根腌黄瓜,翁婿俩能下去八两老白干。

王老师三十出头才有孩子,是个千金。王老师就叫她"小萃"。小萃刚咿呀学语,大萃就用半生不熟的普通话教她:爸爸——妈妈——啊——啊——

老鞋匠在一旁听了直撇嘴。见老头儿这般,大萃就对王老师说:你来教,你的话好听……

王老师笑了:你比俺还强哩……

一晃眼,小萃就长大了。先在镇里上完了初中,又到县里念完了高中,接着又考上了师范学院。

小萃一走,王老师心里就空落落的,每晚由大萃陪着喝两杯——老鞋匠已不能喝酒,他瘫在床上几年了。

寒假时,小萃回来了,一张嘴竟是一口标准的普通话。王老师很不安,说:你说咱这地方的话不中吗?

小萃到外爷屋里,对老人说:外爷,您老好啊!

老鞋匠将眼皮撑开,瞧瞧外孙女,问王老师:这是谁呀,说话恁蛮!

王老师和小萃就笑。

吃晚饭时,酒又摆上。小萃从牛津包里掏出两盒高级点心。

爸,这是我的老师、您的学生捎给您的礼物。

王老师一愣：谁？

小萃就把目光移到大萃脸上。妈，就是你凿过的那个……现在已是讲师。

是二秧子呀！出息啦，出息啦！

他还记得您。他说，就是冲您那一顿拳头，也得学好……

王老师愣愣地听着，双手来回摆弄那两盒点心。等大萃娘儿俩把话头闸住，他就端起酒杯猛喝……

这一夜王老师第一次喝醉了，不住嘴地说了半宿普通话。

# 重心

孙老师五十上下，瘦矮，微驼，走路好背手。那捏惯了粉笔的右手是很不安分的，背在身后，手指头也支叉着，在腰间比比画画，好似在给后面的行人打拍子。比画到得意处，前伸的脑袋也跟着有力地一晃，便可想见一个很好的字形。

这时候，旁边的路人总要站定，瞅他个仔细。他教初中语文，极重视字形的好坏。在黑板上写字，一笔一画的，颇见功底。写着，嘴里还念叨着——"这一横不要太僵，稍有变化……看见没？写这个'口'一定要收……"

字写得不好，他必定擦掉重写。他很少用板擦。夏天他左手握着块湿布，随时擦抹。冬天穿棉袄，就方便多了，哪地方写得不满意，袖子便"噌"地捂上去,瞬间就完成了使命——他不想让学生看见那不好的部分。

写好后,他先看一遍,间或用手指头抹去一点什么。转过身来,两手轻轻一拍,袖子上挤成蛋儿的粉笔末就往下落……

他写字的时候,学生们便"自由"了,小动作很多。待他转过身来,便都"定格"。他瞄见了,也不训。他从不训学生,顶多只说这么一句:"你们呀,你们呀……"

学生们就笑。有的玩个鬼脸,都不怕他。连家长也说他是好脾气。说跟着孙老师,孩子不亏。都挤着上他那个班。

孙老师教语文,将书法也带起来了。早晚的,他就讲一堂书法。讲字的间架结构、书写要领。他讲,学生们就在纸上写。

"你们以后比我写得好——只要你们用心去写……"

那一次他说着,就在黑板上写了一个"心"字,写得极妙,连他自己也惊奇,就细细地看。不过瘾,后退一步又看,再退一步,竟忘了讲台就那么小,一脚踏空,身子一挫,重重地斜摔在地上。

前面的学生面面相觑,竟没有人去扶。孙老师两手撑地,很艰难地坐立起来,脸上的肌肉被痛苦拱得一颤一颤的。

课堂上很静,几十双表情不同的眼睛就看着他一侧一歪地上了讲台。

"都怨我,"他说,"都怨我……"

这一堂课没上完,孙老师就跛着脚出去了。他一出门,学生们就愣了,愣了好一会儿。

第二天,孙老师又来了。他一跨进教室,并没谁喊"起立",学生们都站了起来,站得笔直——从来没有这样过。

孙老师说:"你们昨晚上都去看我了。你们呀,你们呀……"

这一说,那些头都低矮了下去。

他就往黑板上看。那上面没擦净,还留有一个字,就是那个"心"。不过,已被描过多遍……

他一跛一跳地上了讲台,用袖子去擦那个字。一下、两下……怎么也擦

不净。待他转过脸,学生们还站着……

从此,他不再写那个字。

## 教鞭

那教鞭是白蜡条截的,有二尺来长——黄河故道盛产这种耐旱植物——赵老师一进教室就往黑板上方摸:那是放教鞭的地方,供他专用。

赵老师大学毕业后就回镇里教书。书教得好,可很严。看到谁做小动作,也不训,过去就照头上敲。待被敲者龇牙咧嘴地抹拉头时,他就将教鞭背到身后,好像什么事也没发生。县中学几次想调他过去,都被他用一句生硬的话挡回,我在这儿多自在,想敲谁就敲谁。

在镇里,他的辈长,敢说这话。背地里,人们都叫他"赵疯子",好像这是一种尊称。

对那教鞭体味最深的是箍儿。箍儿生性泼皮,挨教鞭的次数就多。箍儿同赵老师是本家,按家谱要高称赵老师两辈。挨就挨了,箍儿回家也不敢告诉爹娘,不然的话还会加一顿臭鞋底。

那一次箍儿恼了,放学后从后窗钻进教室,将赵老师的教鞭盗出,发狠地扭断为几截,一一扔到路沟里,嘴里还嚼着几个字,叫你打,叫你打!

翌日,赵老师来上课,上了讲台就朝黑板上沿摸。没摸着什么,踮踮脚又挪挪地方,竟沾了几指头陈灰。赵老师脸一寒,问,谁干的好事?同学们面面相觑,都不说话。箍儿低下头想笑又不敢笑。

赵老师擦着指头上的灰,说,箍儿,站起来!

箍儿脑瓜子灵转儿,说,亮爷,俺给你再弄一根去。

说罢,泥鳅般滑出后门。待他汗水淋淋地跑进教室,手里攥着一根比原先粗一点的白蜡条。

赵老师接住后,在讲桌上敲了敲,说,好,好!

放了学,赵老师将箍儿单独留下,两手将那教鞭来回窝成弓状,说,跪下!

箍儿翻起白眼珠,说,亮爷,俺不是又给你弄了一根吗?咋又让俺跪下?老师打学生是犯法的……

犯就犯了……跪下!

见箍儿站着不动,赵老师抬腿朝箍儿腿弯里踹了两脚。箍儿折尺似的矮了下去,可很快又直了。

你爹娘辛辛苦苦供你上学,容易吗?跪下!

箍儿还是不跪。赵老师的教鞭就在箍儿身上可劲儿留下几道痕迹。箍儿抹着泪走出教室,赵老师却认真地将教鞭放回老地方。

这以后,箍儿再也没挨过教鞭,学习成绩竟扶摇直上。两年后考入县重点高中。

箍儿去县城上学,赵教师很少再见到他。遇见箍儿的爹娘,赵老师就问,箍儿咋样?箍儿的爹娘就说箍儿知道用功,懂事多了……

赵老师说,这孩子是块料儿,可惜我很长时间没见到过他了。

那年暑假期间,赵老师病倒在床上,很多学生都去看他。赵老师见了与箍儿同班的学生就问,箍儿呢?

学生摇摇头说不知道。赵老师就叹了口气说,我对他太狠了。

那日下午,赵老师正睡着,一个声音轻轻地喊,亮爷,亮爷!

赵老师微开双眼,视线里一个英俊的小伙子渐显于前。是箍儿!

箍儿说,亮爷,我考上师院了!

赵老师一扑棱坐起来,说,好,好!

箍儿说,我早想来见您,可……

别说啦,别说啦……

岁月如歌

第一辑

箍儿声音颤颤,说,能把那个教鞭给我吗?

赵老师说,不是早给你了吗?

沉默中,就见亮晶晶的泪水在箍儿的眼眶里滴溜溜转,越积越多,串成珠滚落下来。

老师!他喊了一声,双膝一弯,跪在赵老师床前。

# 不倒树

那是双小手。

那双小手捧着一本打开的教材……

蛮七叔看见那本书晃到跟前,一个稚嫩的声音从冰冷的空气中浮起:

"老师,这个拼音印错了,'花果'注成了 huá goù。"

"这孩子——课本上咋会错呢?!"

"是错了……"课本再举,几乎碰到了他的鼻尖。

蛮七叔将眼瞪大,视线拐向被教材挡住的那张秀气的透着天真的脸。干裂粗糙的手与冻得胡萝卜似的手指相撞,一股凉意迅即转成了颤儿闪遍了全身——他在这儿教了近三十年的小学,还是头一次遇上学生"挑刺儿",且是个女孩子。这令他很难堪。一张张简陋的课桌后,二十几双眼睛都亮了。

"教材上还会出错吗?"蛮七叔自言自语地道。接了那教材,拿到门口处细看。看了一会儿,又查查翻得烂糊糊的字典,说:"是错了……"说罢,他便咳个不停，好像寒气噎住了喉咙。咳着，他的身子弯成了一棵树。

女孩儿叫玲子，是邻庄的。玲子每天背着个打补丁的书包早早就到了，扫地擦桌子。鞋上老沾着泥巴。

蛮七叔带三个班的语文课，还兼班主任，对品学兼优的学生自然偏爱，尤其是玲子。见了玲子，心里还生成一种莫名的感觉，带出三分不安，好似欠了她什么。借口奖励，常给玲子两支铅笔、一个作文本什么的——钱都是从自己微薄的工资里抠出来的——他还是民办教师。

玲子上到五年级，家里人不让她上了。开学几天不见玲子的影儿，蛮七叔倒坐不住了，便买了一个书包、一杆钢笔去玲子家。

进了院，蛮七叔四下里瞅瞅，问："玲子呢？"

"下河放羊去了……"玲子娘见蛮七叔还夹着书包，脸上就起了一片红，"女孩子家，不当睁眼瞎就中，再上还不是这？"

"不让她上，不怕毁了她？"

"有啥法儿？光学费一年下来就抵一只羊……"

蛮七叔说："让她上吧，俺想想办法……"

听得一阵儿羊叫唤，大大小小七八只山羊串着对儿拥进院子。玲子进来了，手里还握着一本书！

"玲子……"

"老师！"

玲子娘抹了抹眼，说："快给老师磕个头……"

于是，玲子背上了新书包。

次年，玲子以优异的成绩考入初中。初中得去镇里上，蛮七叔很难再见到玲子。

又过三年，听说玲子考上了县重点高中，蛮七叔高兴得自饮了三杯酒。

到了这把年纪，蛮七叔身上的老病就显山露水了，不住地兴风作浪。又赶上"民转公"，集中在县里考试，就趁着去考试瞧看瞧看病。

从医院出来，蛮七叔折进了一个小饭棚要碗素面。刚坐定，就听到一声"老

师"在耳畔炸响。眯细了眼看,身子又那么颤了一颤。"玲子,你咋在这儿?"

玲子硬挤出个笑,说:"家里急,上完半学期就退了,在这儿帮厨……"

蛮七叔听着,张大嘴直看,脸色都变了,半响才说:"你是个好学生,还给俺纠正过一个错儿……"

"老师,那不是你的错儿!"玲子喊,突然下跪,怀里不知道什么时候抱着蛮七叔送她的那个书包。书包很旧了,也打上了补丁。蛮七叔不知道,书包里还有一个小本子,上面记着蛮子叔送她的学习用品,一笔不落。"老师,我欠你很多……""不欠,不欠,你啥都不欠……"蛮七叔慌着拉玲子,可拉不起来,自己也在剧烈的咳嗽声中矮了下去……

从县城回去后不久,蛮七叔在一天夜里悄然离世。他人走后的第三天,他站过的讲台上又挺起了一个人,那人就是玲子。

玲子就像一棵树……

# 回报

满仓的脚底下就是村小学的院墙——院墙早已坍塌,似一个个土包——土包下的荒草丛中,隐隐显出风蚀的砖基……

他念的第一本书就是在这儿掀开的。

那时他调皮得很,常逃学,腮帮子上少不了挨鞋底子……教课的就是旁门的四叔。

四叔瘦蔫蔫的,站在讲台上似吊着的一根苦瓜。可他的手却煞有劲儿……

现在,满仓却比四叔强多了,出门几年倒腾得腰里鼓鼓的,小楼也盖起来了。四叔有啥? 连个讲台也守不住,猫在这旮旯里等朽……

正值深秋,两排残破的教室之间摊着一片豆秸,后排尽东头的两间,用篱笆隔开,就是四叔一家的栖身之处——篱笆上搭着几件旧衣。

四叔! 满仓隔着篱笆喊。

回应的是两声低沉的咳嗽。

满仓进屋,视野里就多了一个弯曲的剪影。

哟,还练字哩——俺婶呢?

带孩子下地啦……

满仓掏出一包硬盒香烟,抽出一支,递过去——那个弯曲的剪影拉长了,却保留了一定弧度。接着,一双手像接什么贵重的东西伸过来,当指头触到香烟时,另一只手似乎意识到什么,只用两根手指捏起那支烟。于是,那剪影上部就闪出亮熠熠的光……

满仓说,四叔,咱爷俩有啥不好说的? 一股烟雾缓缓地喷出。

村里同意让我在这办厂,收羊皮,请你给我当副厂长,没笔杆子不中……

你咋相中你这个笨叔哩……

总不能老让这地场儿荒着……满仓瞅着四叔留在几张旧报纸上的毛笔字,说,我要是有一手好写……

唉! 四叔摆起一只手想说什么,却猛地咳嗽起来,好像被烟呛了喉咙。

厂子很快就办起来了。四叔人前车后忙得滴溜溜转。赚的钱,满仓都用在翻盖房子上,照原样。两年光景,这里有了村里最好的建筑——红砖院墙,排场的大门——村里的孩子都好到这里看热闹。

瞧这些孩子……满仓对四叔说。

四叔的眉毛耸了几耸,咋呼道,去,去,别在这里碍事……

满仓笑了,说,甭撵了,这原本就是他们的地方。

晚上收了摊,满仓掂了两瓶酒去四叔屋里,四婶慌得弄了几个小菜,叔

俩俩对坐而饮。

几杯酒一下肚,脸上就上了色。满仓说,四叔,也不见您练字啦……

你看整天价忙的,哪顾得抓笔……

小时候我不好好念书,您把我揍得不轻……

嘿,别提那会儿了——念好念不好能咋着?

不,要是这会儿能上学,我非争第一……

别说憨话了,这不是弄得很好吗?

四叔,我敬您老一杯!满仓双手端起一杯酒,直送到四叔的脸前。

四叔脸上漾起一片笑意,惶恐地接了那杯酒,一饮而尽。

满仓说,我想妥了,厂子挪出去,将这地方腾给孩子上学,您老还教他们……

四叔脸上的笑意顿时化作一层冷霜。他紧攥着那个空杯,身子渐渐低下去,弯成那个剪影……

老师!重重一声响,泪水糊满了满仓的脸——他打了自己一巴掌!

# 使者

庄里来了一个人,是女的。她一进庄就问小孩:"桂姐在哪儿住?"

小孩见是一个城市人,都挺热情的,呼呼啦啦前面跑着引路去了。

"桂姐、桂姐,找你哩。"小孩一窝蜂似的拥到一处院子里。

桂姐出来了,是个十几岁的少女:"找俺?"

城市人瞪大了眼睛："不，不，不是你，找错了……"

她长吐了一口气，从很精致的挎包里掏出一把糖分给孩子。

"这村还有没有叫'桂姐'的？"

孩子们眼对眼地看，没有一个答话。

一个驼背老头从那边过来，插话："你找谁呀？"

"找桂姐。"女人从挎包里摸出一包香烟，恭恭敬敬地递上一支。

"烟，俺不抽。"老头儿费劲地眨巴着眼，似乎阳光太厉害了些，"哪个桂姐，啥模样儿的人儿？"

"我也不清楚……听我哥讲，她就是这村的，大概有四十多岁……"

"你哥是谁？他咋知道'桂姐'？"

"我哥二十年前在这儿插队，后来当兵去了……"

"噢，知道，知道。他一走再不来了……"

老头儿把汗渍渍的脖颈儿挺直，对着院子喊："桂儿娘，桂儿娘……"

桂儿娘应声出来。

"你的小名不是叫大桂？"老头儿问道，"找的是不是你？"

"不会的，不会的……"桂儿娘极力躲闪着老头儿的目光，"咱这庄有三个叫'桂儿'的……"

"大嫂，能领我见见她俩吗？"城市人很客气地请求道。

"中，中……"

第二个"桂儿"很热情，硬拉着女客人到屋里，大碗倒茶。

"你哥非要找这个'桂姐'咋？"

"我哥在南边前线牺牲……他在这儿插队时，有一回得了重病，是桂姐照护了他一夜，还擀了一碗绿豆面条……他说这是他一生中吃过的最好的一碗面……他牺牲前说他不能谢桂姐了，让我们替他……"

两个"桂姐"听了，都发出嘘唏之声，眼眶里亮丝丝的。相视之后，都说自己没照料过那位知青……

第三个"桂姐"正在做饭，鼻尖上汗津津的。她听完由来，脸上木木的，

一遍一遍地看女客人,最后惨笑了一下:"不记得了……"

说完话,饭也端上来了。女客人勉强吃了一碗面条,将挎包里的东西倒尽,匆匆上路——她要赶那趟去火车站的班车。

路站就在三岔路口,那里吊着一块站牌。不知什么时候,驼背老头已站在招牌下,一动不动地凝视着远方。

"老人家,你去哪儿?"

"哪儿也不去,等你……"老头儿小心地从篮子里托出个纸包,"这是有人叫捎给你哥的……"

她慢慢打开纸包,眼睛猛地一亮——

纸包里是一挂擀切得很精细的绿豆面条……

# 书包

爹咳嗽着,破桌上的油灯便扑闪扑闪的。

刘老师说,让小二去吧,他是个上学的料儿。

爹清理好喉咙,抬起嵌满沟壑的脸,那只被灯光照亮的眼便溢出苦涩。

不中,不中,上不起哩。

没关系,学费我垫。要是误了小二,可惜了的……

有了这句话,爹就不咳嗽了。

送走了刘老师,娘说,小二还没书包哩!

爹说，把俺那件褂子毁了，给小二改一个。

你就这一件像样的褂子……

毁了吧，毁了吧！

小二就背上了书包。

放学回来，小二伏在破桌上歪头写作业，极认真的。爹悄无声息地站在小二身后，摸着捏着书包里硬邦邦的书本，笑意便像秋后的菊花在脸上张开。

好好上，乖儿……

小二的成绩一直很俏，连年升级，直考入大学。

大学毕业后，小二在一个大公司当秘书。第一次陪客人吃饭，见满桌尽是山珍海味，两眼便被撑得鼓溜溜的。

这能换多少书包啊！

望着，爹油亮亮的脊梁竟浮现于眼前。

冬日里，小二第一次探家。他带了两个大包：一个装满了衣物，是给父母的；一个塞满了书包，是给刘老师的。

见到刘老师时，刘老师正躺在床上咳嗽。

# 花瓶

高老师不沾酒，也不请人喝。

儿子高考落榜，在家闲着，酒量竟日增。高老师就委婉地劝道："孩子家，

喝酒没甚好处……"

儿子就愤然："你不喝，还不让人家喝……"

儿子的工作快有着落了，便央求爸爸请一桌。"好办事。"

是在馆子里请的。酒菜都是由儿子点。席间，儿子频频向客人敬酒，碰杯，吆五喝六。高老师陪着，光看那酒瓶——那是一种细脖儿瓷瓶，上面有很美的花儿。

席散，客人尽兴而去。送罢客，高老师又返回原处，见人正在收拾，便道："把那酒瓶儿留下……"

儿子在旁直拉他："要它干吗……"

高老师说："丢在这儿可惜……"

将酒瓶揣回家，高老师将它洗净，灌上水，摆在写字台上，到外边掐几枝月季，插入，就成了花瓶。

每日，高老师伴花而坐，常换新水，那花儿就艳得天数长一些。郁香暗浮，滋人肺腑。

儿子已经上班，见高老师好此，便又拿回一只同样的酒瓶。

"爸，再给您一个……"

高老师眼仁里就起了雾，茫然接过那酒瓶，细细审视。转着、看着，不知怎的指节一松，那瓶儿就掉在地上，铿然有声，裂为几瓣……

再看高老师，眼里的雾已化作水汽……

儿子叫了声"爸"，跪在高老师脚下。

从此，儿子戒酒。

# 天堂苹果

娘说,我光想到果林子里看看……

进步说,娘,您好好养病,有我哩……

自家的果园有两亩多大,在庄南半里地。一家一户地连成一片,就营造了一方风景。当初栽那些苹果树时,娘说,这都是给你预备的学费……

有了这句话,进步是很用功的。年龄随着那果树一发长。待果树首次挂果时,进步也临近高考。

秋风初起时,吹凉了一块芳草地。进步落榜了。那几天,进步少吃不喝的,躺在屋里闷睡。娘说,多大的事儿,不就是没考上吗? 只要是那材料,根扎哪儿都能成一片凉荫地……乖儿,跟娘卸果子去!

下了床,进步拖着沉重的双腿随娘去了果园。

果林子里,人影绰绰,条筐纸箱摆于树下。一堆堆新果散发出清香的甜气。耳听一片笑语,进步的腿就轻了,好像迈进了天堂。树与树之间流溢着生命的活力,似一曲曲圣歌……

进步想,娘说得对……

卖了第一茬苹果,进步又去学校报了名重读。说是重读,只是挂个名儿,大多半时间是在家自学。翻看着书本,进步的心思却跑到果园里——果园里有那圣歌,还有娘的声音……

迷上了果园,进步便钻研起园艺学。复习资料里多了几本那方面的书。冬季里,进一步去县城、上省城请教专家。回来后就手持剪钳在自家果园里转悠,一棵树一棵树地看,剪枝整形,在本子上写写画画的……

爹忧心忡忡地说,这孩子不想考学了……

娘说,别管他,他在做自个儿的事……

来年春,苹果花开得灿灿的。进步开始做实验,进行人工授粉什么的。待青果核桃般大小,便用一个个塑料袋将青果套上,称之为套袋技术。做这些时,娘成了他的帮手。

娘做活儿极认真,小心翼翼的,那神情犹如在照护自己的孩子。进步说,娘,您别累着了……

娘说,累不着——这活儿我能干。你去复习功课,别误了你的事儿……

娘终于病倒了,很长一段时间没去果园。进步每次从果园回来,娘都要问苹果怎么样了。进步就笑。他笑,娘也笑,笑得眼里湿润润的。

进步再次去县城赴考的前一天,娘再三提出要去果园看看,进步就依了她。走到半道,娘吁喘得厉害,两手扶膝歇息儿。进步要扶她,她不让扶,说,娘能走……

站在果园里,娘眼里的一个个套袋苹果在夕阳的映射下泛着红光。在这红光里,娘的身子慢慢倒向一棵树……

进步是背着娘回庄的。他背着娘,倒像是在娘的怀抱里。娘说,放下我,我能走、能走。进步说,娘,您千万别松手……

一滴滴晶亮的液体在进步的肩背上闪着落日的余晖。进步知道那是娘的眼泪。娘的眼泪落在儿的肩上,儿就明白该扛起什么……

几十天后,苹果熟了。当人们忙着摘苹果的时候,一座新坟旁摆上了两个红苹果。那两个红苹果是全庄最大的,还套着透明的塑料袋。

摆这两个红苹果时,进步是跪着的。

娘,我不会离开您……

进步考上了一所农学院——娘是在他参加高考时去世的。

睡梦中,进步常置身于果园,看见果树上结出一个个硕大的红苹果,犹如一个个红太阳。

娘就在红太阳中间微笑……


# 天堂风琴

娘说,庆儿,给你大搬个板凳。

庆儿听了这话,便慌着按娘的意思办。

其实,板凳就在床底下,一伸手就能够着。可大从不动手——他喝酒前都是这般架势。

大一天两喝,中饭、晚饭各二两,从不过量,除非来客。下酒的菜就是酱豆、咸菜或豆腐之类的,好一点的就是花生米。坐在那张裂了缝的方桌旁,大自斟自饮,酒杯与嘴唇相触发出的响声,是一种极好听、带节奏的音乐。有了这响声,就像有了天堂里的风琴。

大喝酒时,庆儿和妹妹坐在他左右,默默地低头吃饭。听着那响声,庆儿不时地抬头看大。他不知道大喝酒时为啥总要发出那种悦耳的声音。喝完了酒,大舔舔嘴唇,用宽厚的手掌抹抹下巴,眼里就有了水一般的亮光。

在这亮光里,庆儿的身子骨一节节拔高,唇上拱出一抹黑乎乎的软毛。直到有一天大愣愣地看了他一会儿,突然将一满杯酒移到他面前,劝朋友似的发话道,喝一杯!

庆儿说，俺不会喝。

男人嘛，不会喝酒算啥男人！大似乎有些生气。喝吧！

他不会喝就别让他喝！娘的声音雷似的滚过来。他一个学生，要紧的是功课，不是酒！

你！娘盯着大提高了嗓门，从今儿，省了这几口吧，紧出来供孩子上学……

大望望娘，脸上的肌肉绷得铁紧，身躯里似有什么在涌动，嘴张了几张，终没发作，低了手将那杯酒握了回去。

叫俺大喝吧！庆儿对娘说。他看见娘的眼睛倒有了亮光。

不，不，听你娘的。大端起那杯酒仰脖倒进口里，猛地将酒杯砸在桌上。戒！

大真的不喝酒了。每到那个时候，再也听不到那声音，好像风琴被一块黑布罩严。大的眼睛里也没了亮光。坐在小板凳上，忍不住要往条几下的那旮旯里瞧上一眼，回过头来只说一句，好好上学……

大学毕业后，庆儿在市里谋到一份不错的职业。第一次探家，庆儿给大买的就是几瓶好酒——他真想再听听大喝酒时嘴里发出的那美妙的声音。

见了大，庆儿慌着掏酒。大说，买它咋？你知道俺早不喝了。

庆儿说，大，这可是好酒。

再好的酒俺也不沾。大的声音很软，身子也塌了一截儿。

蓦地，一个声音说，喝！妮儿，到集上给你大切二斤牛肚来。

这是娘的声音。在这声音的余韵里，大的身子渐渐拔高了。他走到条几前，伸摸了半天，抓出一个满是灰尘的酒瓶了——是那半瓶老白干。

酒越放越好。大用袖子擦着酒瓶子，脸上的皱纹挤出一丝笑来。在这笑里，多年不见的亮光闪烁在大的眼中……

这一顿，娘笑看这爷儿俩醉。

# 窝窝

从家到镇中学四里半,良忠午饭是不回来的,在学校吃。

书包里除了书本文具外,就是干粮。当时顶好的就是白面蒸馍,一学期有一半断不了红薯面锅饼。那饼在书包里沉甸甸的,带到学校先去伙房报到,进教室就轻松了许多。中午开饭时,一掀大笼,蒙蒙蒸汽中就有许多藕节似的手臂交错,各拿各的,不会错。

良忠捧起自己的一份,再打三分钱的菜,蹲哪个旮旯里咽下去了事。

天天吃这塑料似的锅饼,良忠胃里就发酸,嘴里老缺什么味道。有了这种感觉,光想着李老师家的饭菜。

李老师拖妻带儿住在校园西北旮旯里。两间矮屋,一折篱笆。篱笆内辟三畦菜地,秧拖枝蔓,青绿不断。棚架下架起的一块水泥板就是饭桌。

良忠都是借故去李老师家的,不是问一道题,就是汇报个事儿。眼光却趴在饭桌上不肯下来。饭桌上常有一筐杂面窝窝,或一盘青菜、一碟酱豆,或一碗菜汤、几疙瘩大蒜……看着,嘴里涌出的馋水将喉咙泡得咕咕响。

李老师问,你还没吃饭吧?坐下,坐下,咱一块儿吃。对正在厨房里忙活的妻说,多添两碗水!

良忠慌忙收回眼光,结结巴巴地道,刚吃罢,刚吃罢。拔腿飞也似的往外跑。到了教室,窝窝头的香味还在鼻前飘游。

终有一次,他被李老师的妻拽住,强捺在饭桌旁。那一顿他吃了仨窝窝,还灌下去一碗辣椒糊糊。从李老师家出来,他就想,赶明儿我一天能吃上这么一顿也就中了!

后来,良忠考上了大学。大学毕业后分配到省会。赶茬口,十几年间他升了一级又一级,直坐到审核教育经费的位儿上。在省城里待着,他很少回故乡。到哪个地方,都是前呼后拥的,大宴小宴排队,南北风味尝遍。他不喝酒,却让别人喝。谁向他要钱,他就戏言,喝一杯给一千——可不许作弊!

这年秋,听说他来地区开现场会,主管教育的副县长和教育局长找到李老师,说,李老师,您的学生在地区开会,咱找找他,让他为家乡教育事业办点事。李老师说,多少年没见他了,能中? 教育局长说,他官再大也不能不认你这个老师啊!

草草换了衣服,李老师同他们坐上汽车,直奔地区。

找到地方,正碰上良忠一行向餐厅走。见是李老师,他猛一愣,红着脸上前抓住李老师的手不放,激动地向周围的人介绍,这是我的恩师……

吃饭时,良忠单安排一桌,叙叙师生情。几个人坐定,良忠说,这些年我一直没瞧看您,心里有愧……

李老师说,你忙,你忙,哪有空儿……

良忠说,我是不喝酒的,今儿个见到老师,见到家乡官员,死活我得喝几杯……

李老师见上来几个菜,都是没见过的,便说,我好吃凉调萝卜丝,再加一盘辣椒就中……

良忠笑了,说,时代不同了,李老师您还是那个样儿……

李老师说,一辈子改不了……

教育局长用腿碰碰李老师,李老师就将嘴闭了。趁着空当儿,副县长和教育局长轮番向良忠敬酒。

几巡过后,良忠的脸就上色了。

借着酒劲儿,李老师按教育局长路上教给他的对良忠说,咱县教育落后,能不能倾斜一下?

良忠说,李老师,您喝——我这会儿还想您家的饭哩。走那么多地方,我还没吃到过那么好的窝窝哩。

李老师说,那都是过去的事,不值得提,这会儿当紧的是把几个学校的危房改造一下……

良忠带着醉意,脸上显出多年前的那种神色。我咋会忘了那窝窝?窝窝……

李老师说,这样吧,我喝一杯批一千,你记住数儿……

良忠眼睛猛一亮,蓦地抓住李老师的手,声音竟变了调儿。李老师,那是我对别人开玩笑的话,怎敢对您?

说着,眼窝里渗出晶亮的液体。

李老师觉得手被攥得越发紧了,就听得一声长号冲破凝重的空气——

李老师,我还想吃您家的窝窝!

# 成长密码

妈对儿子说,你都十四五了,搁在过去,是家里的顶梁柱了。瞧你,就知道玩、玩,学习不上进,讲吃比穿——你爸拼死拼活地下井挖煤,你在外大把大把地花钱……

儿子说,时代不同了,大家都这样,又不是我一个……

妈就叹了口气。唉，你啥时能长大……

儿子说，反正我长大了不能像我爸那样……

妈的脸色就沉了下来。你爸怎么啦——你爸是个男人，男人！

儿子很少能见到父亲。父亲在不远的一个小煤矿打工，一周能回来一次。他进家话不多，将那脏兮兮的挎包交给母亲，胡乱洗洗，倒头便睡。这时候，身穿名牌的儿子不是给同学过生日、参加同学聚会，就是泡在网吧里。父亲临走时，总要对母亲说，让儿子好好学习，不要亏孩子……

当母亲的便生硬地点点头。

初中毕业后，儿子中考落榜，一个暑期就是闲玩。

那一天，父亲回到家，问女人家里还有多少钱。不等女人回话，父亲低了头嗫嚅地说，我打听到了，县城有一个高中收高价生，还是得让儿子读书……

女人就长叹了一声。

父亲带着儿子一路奔波找到那所学校。到地方一看，报名的人多得如同蚂蚁乱窝，密密匝匝的。父亲一跳，便融进这人流里，也像一只蚂蚁。儿子望着父亲弧形的背影，眼神里就浮出了一种异样。

热得满头大汗的父亲终于出来了。他咬了咬牙对儿子说，咱带的钱不够……

儿子说，咋要那么多的钱——不上不行吗？

父亲擦罢汗，愣愣地看着儿子，脸上煤灰的印迹就显现出来。儿子被看得心里发毛，两只手便乱搓。沉默了片刻，父亲拉着儿子一声不响地朝一条大路奔去。儿子知道，这是去矿区的路，有很多煤车来来往往。到了矿区的一座平房前，父亲让儿子在外面等着，独自一人进去。

太阳热辣辣的。儿子买了一瓶饮料，边喝边闲看。他是第一次到父亲劳作的地方，看着高大的风井和旋转的天轮，还有那些和父亲一样的矿工，心里就有什么在拱动，拱得他全身燥燥的。半天不见父亲出来，他悄悄过去，扒着窗台朝里面瞅，看见父亲涨红着脸，向一个穿西装的人激动地诉说什么,说着说着,就要给那个人下跪……

父亲出来时脸上浮出一丝苦笑。儿子,咱有钱上学了……

儿子说,爸,给你买瓶饮料吧?

不要,不要……

儿子就把饮料伸到父亲的脸前。爸,您喝!

不要,不要,你喝,爸不渴……

爸,您为啥要给那个人下跪?

父亲的身子抖了一下,说,走,走,以后你会明白……

儿子却从后面拉住了父亲的衣角。爸,我不上学了,我要和你一起下井挖煤……

你小小年纪,身体受不了……

儿子的眼泪出来了。他蓦地抱住父亲,身子慢慢塌落下去。爸,您能受得了,我就能受得了——我是你的儿子!

父亲抱起孩子往上挺,喉管里有什么在响动。在这响动里,儿子站起来了——与父亲的个头儿不相上下。儿子,不管干啥,你肚里得有文化水……

爸,我知道了……我不要名牌了,我不泡网吧了,我不乱花钱了……爸!

是爸不好,是爸没时间陪你——让知识陪你,让文化陪你,你的身子骨才会硬……

爸,你打我吧!

爸不会打人……

父子俩紧紧抱作一团,四道目光黏在一起。

走,咱们回家!

回到家,父亲对那位等了很久的母亲说,你儿子今天长大了……

此时,母亲已经备好了一桌菜。

# 站立的拐棍

　　在那个既定的分秒里，凄厉的防空警报声响了，大街上所有的汽车随之鸣笛，整个天地都在这声响里下泪——为汶川大地震死难同胞致哀！

　　谁也没有在意默哀的行列里立着一个挂双拐的人。他是谁，什么时候进入的，无人知晓，也不必知晓，因为认识的不认识的，都加入了这个庞大的、延伸到天涯的行列。

　　有人认得，他是孤儿，在胡同口摆个小摊，修鞋、修拉链什么的。每天太阳起高时，他挂双拐的身影就出现在那个地方。拐棍上吊着一个很旧的皮包，双拐移动，那包打拍子似的晃荡。听得那拐棍响，总有一个人将他的鞋机和工具箱等摆放好。他冲那人笑笑，在那人的搀扶下慢慢坐到方凳上。那方凳很矮，包着厚厚的皮革，边缘已磨烂了。他将双拐合在身旁，而后从包里掏出一瓶酒，对着那人一举，那人接过仰脖喝了几口，再还给他，他也喝。两人就笑了。

　　他的活儿做得很精细，收费也不高，人们都喜欢到他这里来。做活儿时，他时不时地抓起酒瓶往嘴里倒上一口，动作快得惊人。喝罢，双手就灵活了许多。人们喜欢到这里来，一半是冲着他的这喝酒的做派。时间久了，人们出口叫他铁拐王。叫他，他也不恼，把个活儿做得更精到。

　　看他做着活儿，人家就和他拉呱儿。

你一个人也不嫌孤零吗？

他不答话，将噙在唇间的鞋钉捏出，往鞋掌上扑通扑通地钉，钉实了，仔细地修边。修好了，拔出，翻过来掉过去地看看，双手将鞋送与主人。

我不孤零，我有很多亲人和朋友，还有你……

你要是不拄拐多好……

这是我的硬骨，丢不得它——你看到了我身旁的拐棍，可有些人心里的拐棍你是看不见的……

那天晚上下雨了。在电视机前看那场有名的"爱的奉献"赈灾文艺晚会时，他的眼睛如同蒙上了雨帘，一刻也没有干过。在这声响和眼泪里，他的身子骨里磕磕巴巴地响，就像也发生了山崩地裂的变化……

次日他再次出现时，眼睛红红的。当那人慌着将他安顿好之后，眼光便盯着那个包。这次他从包里摸摸索索地掏了半天，抓出的不是酒瓶，而是两包零币和毛票。

老哥，你帮我把这些给汶川的亲人们……

你不喝了？

喝了多少年的酒都变成眼泪了！

不喝酒你怎么过得下去？

可以有酒，但不能靠酒；人可以有拐棍，但永远不能靠拐棍——咱别忘了下午两点二十六分！

凄厉的警报声还在响。默哀，默哀。眼泪，眼泪。低泣，低泣……

他不住地抹泪，先是一只手，而后是另一只手。当警报声和汽车的鸣笛声停下来之后，他擦泪的手举起来了，高高地举起来了——

汶川挺住！中国万岁！！

这一声冲自肺腑的高腔马上得到了千万呼应——

汶川挺住！中国万岁！！

什么也没有了，这铺天盖地的声浪湮没了一切。

在灿灿的阳光下，他离开了那双拐棍，蹦跶蹦跶地融入了移动的人

群中。

身后，那双拐棍也是站立着——它深深地插入了砖缝之间。

# 蝴蝶庄之秤

春节刚过，上面派我去王寨乡最偏远的蝴蝶庄当村长助理。

宣布任命第二天，庄里的一辆面包车顺路来接我。开车的名叫棍棍儿，眼睛小而细，老像是睁不开，似是眉骨太重压迫的。面包车破得也不像样儿，一个大灯被碰出窝儿，在前脸提溜着。车一动，那灯就咔啦咔啦响。

蝴蝶庄位于黄河故道腹地，被称为王寨乡的"下野地"。到了村委会，也就是当地俗语说的村室，一看，村组干部都等着哩。村支书兼村长老姬迎上前来，搦着我的手猛摇。

"热烈欢迎，热烈欢迎！"

我不好意思地说："我又不是啥大人物，弄这咋？"

"兄弟，你是第一个到咱蝴蝶庄当村官的大学生，比大人物还大人物！"

他搦罢，后面的又接上来搦，不一会儿我的手就生疼。

进村室落座，老姬先介绍了蝴蝶庄的基本情况。其实，我对蝴蝶庄并不陌生，在乡里因与老姬经常打交道，也是熟人了。知道这人是当兵出身，一身硬功，且极有个性。

他介绍完之后，忽然对我说："咱庄有个不成文的规矩，是干部的，仨月就要过一次磅,就是称称体重,假如说你的体重超过了以前的,就说明你这人多吃多占了,要小心呢!"

他这一说,其余的人都抬起头往我身上看,看着看着屁股就离开了连椅。

"司助理,上磅吧!"老姬向东间喊,"棍棍儿,把那本子拿来!"

棍棍儿手持一个小本本一蹦跶出来了,好像等这一声等了许久。跑到门后,把磅秤往这边推推,一龇牙翘出一个微笑。

我瞅瞅他们,他们也瞅瞅我。老姬说:"这有啥害羞的,咱男人身上的疙瘩蒲棒都是一样的,谁不知道谁? 俺几个上磅都是脱得光溜的——脱吧,不想脱光留个裤头子也中!"

在他们注视的眼光下,我将衣服一件件脱下,其中内衣内裤是棍棍儿搭了两把手帮我扒拉下来的。

赤裸裸地站在磅秤上,脚底板子透凉,仅有的那点隐私也叫他们看得一清二楚。我下意识地抱起膀子蹲下,想遮住些什么,可这是多余的——周围都是一双双腿,栅栏似的围得让人宽心。

大概就几秒钟的光景,听得磅秤上金属与金属相吻的声音,老姬就问:"多少斤?"

"六十八公斤半……"

"换成市斤就是……一百三十七斤——记下,记下!"

过了这第一次磅,我把蝴蝶庄当成了自己的家,整天价忙着为庄里办事。村民欢喜,隔三岔五地给我送些自制的酱菜和地里的鲜物。夜深人静时,我不由得站上磅秤过过体重。一看分量未增,就小声地对磅秤说声谢谢。

那天,村室里就我和老姬俩,他忽然问我到蝴蝶庄多少天了。我说我也没记,反正日子过得挺快的。他诡谲地笑笑,往磅秤上一站,咋呼道:"过来,过来,看你哥我的膘见长没?"

我一过去,他自己就喊出来了:"吡,我瘦了,瘦了,掉了三斤肉——上来,上来,看看你的!"

我站到磅秤上,老姬歪头拨着秤,一看停当了,报出个数字。

哟,毛重才一百三十五斤——兄弟,你也瘦了!

"没想到在咱庄还能减肥哩!"我调侃道。

很正常,很正常——你瞅瞅,蝴蝶庄的人很少有人发胖——谁想减肥,就到咱庄待上两年,看他掉膘不?

"是的,是的,有你在蝴蝶庄,谁也不会胖。"

"你这话说得中听。"

磅秤被他拍得吱呀作响,好像棍棍儿的破面包开进来了。

"这秤有些年数了。"

可不,打我从部队回来,它就在生产队了。实行责任田时,啥都分了,就是这磅秤没动。我当了这村官,就将它放在眼皮子底下,看到它,心里就说,你可不能多吃多占长横膘,不知轻重瞎胡来。

他说这话时,手的动作变换为抚摸。磅秤不再响了,静默得像一尊经历沧桑岁月的雕像。

老姬抚摸着这尊雕像,眼神里透出一种秋水般的凝重。

"你好啊,老伙计,这些年来,就剩下你自个了……"

他喃喃自语,双手将着磅柱慢慢蹲下去,头就抵住了磅柱。他蹲下,我也不知不觉地屈下了身子,磅秤就高出了我俩。

隔着这根树干,老姬与我面对面,呼出的气息带有淡淡的烟味。他好像不知道我的存在,将沾在一个铁轱辘上的纸屑抠掉,又晃晃另一个。胳膊再一上举,我们俩的手就叠合在一起。

"兄弟,人就像一杆秤,谁轻谁重心自知!"

我无言,只是搦着他的手,越搦越紧。

# 夜

车灯很亮,剑一般刺破黑暗,车窗外的树影便飞速地向两边闪开。

坐在后排的他眯着眼问:"快到了吧?"

"已经上了大堤,老板——前面就是蝴蝶庄。"司机小徐目不转睛地盯着灯光尽头。

所谓的大堤,就是老黄河故堤。三十多年前他就是沿着这条大堤走出蝴蝶庄,到沿海一座城市打工。而今,他已经拥有两个公司,资产过亿。庄里人不知道他到底有多少钱,说是买下半个县城还剩下个黄金囤。他闻听之后,一笑了之。

"老板,这条水泥路就是你捐资修建的,还有小学校。"

"那都是过去的事了。"

仪表盘五颜六色的光线散射在车内,他的脸上就有什么在波动。

他有两年多没回蝴蝶庄了。今天是农历腊月二十九,选在这夜里回来,是怕给县里的、乡里的头头脑脑找麻烦——只要听说他回来了,片刻工夫小车就会鱼贯而来,不是接他吃饭,就是请他看啥项目,弄得他不尴不尬的,就是心里头不那么舒服。

为从老家拔腿,四年前,他将爹娘接到公司所在地,让他们住在海边的一幢小楼里,观海景、吃海鲜。可他们人在这儿,心还是在老家,时不时地嚷

着要回蝴蝶庄。他就哄劝,答应到年关送他们回去。不料老爹忽发脑梗死,落下个半身不遂。病榻上,爹还不忘农耕之事,还有那处老宅院。

于是,按爹娘的意思,老宅院交与小学校长匡四管护——匡四是他儿时的玩伴,又是同学,交给他放心。

这匡四是个"老别筋",只要是认准的道儿走到底不拐弯儿。四年前接爹娘时,本打算带他一块走,可怎么劝说他也不去。

"我走了,把孩子扔这儿咋办?"

"你想想你一个月才拿多少钱?"

"这不是钱的事,是心里的事。"匡四拍拍胸口窝。

"多少人想跟我去,我都没点头,专想着你哩——你的文化水比我深,帮帮我多好!"

"不中,不中,我得帮帮这些孩子——他们还小。"

每每回想起与匡四的这次对话,他就在心里长叹一声:唉,这就是匡四啊!

前天,躺在病床上的爹忽然歪头问道:"你有几年没回老家了?"

"两年了吧。"

"回去看看吧——俺和你娘动不了,小儿,你得回去,咱可不能忘了蝴蝶庄,那是咱的根呀!"

说着,还忘不了加一句:"给匡校长多带些年货,他可是个好先生。"

现在,蝴蝶庄近在咫尺了。夜里的蝴蝶庄就像山峦,峰壑皆有,显得有些陌生。他睁大了眼,盯着路径,提醒小徐减速慢行。

很快,他就看见了那熟悉的宅院——那地场是一片灯光。他心里咯噔一下:谁这么晚了还开着大灯?

车一停稳,他下车直奔院子。推开虚掩的大门,他愣住了:树底下,一堆堆废纸箱、酒瓶子、旧书、废报纸什么的几乎占满了院子,中间只有一条下脚的小道通向堂屋。

其间,有一个人正蹲着捆扎旧书。听到动静,便直起来身子——正是那位小学校长。

"匡四!"

他喊了一声,趋身疾步伸出手去。

匡四定定地瞧了他一眼,戴手套的双手只是在身上蹭,没有握手的意思。

"我手脏,手脏——你咋回来了?"

"快过年了,回来看看。"

"都好着哩,好着哩——就是这院子成了废品收购站。"

"你不是当着校长哩,咋弄起这营生啦?"

"去年退啦,闲着也是闲着,这跑跑颠颠的给孩子弄个书本钱。"

"孩子缺钱吱一声,我还能不问吗?"

"不是钱的事,是让孩子知道这东西来之不易——有时好东西也会变成垃圾,垃圾也会变成宝贝!"

他打了个冷战,小时候的那种寒意袭上身来。

"我的匡校长,你不嫌冷吗?"

"冷啥,一忙起来啥都忘了。"

小徐掂着大包小包地进来,院门被碰得咣当咣当响。第二趟又是圆筒方箱的,来回三次。

"过年了,带些年货,都放你这儿,有四棚叔的、良头家的、三木的……"

"我知道,知道——你不住下?"

"不中,我得连夜赶回去,明天有个联谊会,还有一个合同得签。"

"唉,多少钱算钱,多大官算官?"

"我也是想把垃圾变成宝贝。"

"好,好!"

匡四捋下手套,往一捆旧书上一扔,转身到屋里捧出一个鼓鼓囊囊的塑料袋。

"这是我备的干豆角,俺叔俺婶喜欢吃,你掂过去,就说我匡四在蝴蝶庄给他们拜年了!"

"你也替我给咱庄老少爷们、大娘二婶拜个年！"

说着，两人的手就紧紧握在了一起。

车出蝴蝶庄，小徐不由得问了一句："大冷的天，一个小学校长怎么整起这破烂来了？"

他拍了拍腿，斜了小徐一眼："你不懂他——停车！"

小徐愣了一下，将车停稳，以为老板要小解。可时间过去了，并没有听到那惯常的声音。往车后一看，嘴就张大了——

寒夜中，那人整整衣襟，对着庄里的那片灯光，深深地鞠了三个躬。

第二辑

# 社会百态

　　每天早晨八九点，鞋匠摇着轮椅姗姗而来，将工具箱、鞋墩子什么的往地下一扔，然后双手撑着身子下来面对太阳靠着墙盘腿而会，闭目待客。谁也不知他在这儿待了多少年、还要待多少年……

# 错辈

那时候,他和老张都在一个院子里住,门挨门。他比老张小十多岁,只因他老爸和老张在一个局,他就喊老张"张叔"。后来,老爸病故,他被照顾到局里上班。刚上班,"张叔,张叔"的还能喊出口,时间长了,见别人"老张,老张"地叫,舌头就短了半分,"叔"字很难出口。只瞅没人的时候,才叫一声,声音小得刚刚能及老张的耳膜。

他眼头子活,嘴巴子又利索,样样事办得都让人欢心。过一段时间,就被任命为股里的负责人,只是前面带一个"副"字。通知下来那天,都嚷嚷着要他请客。

"请,请!"他连声应下,掏出钱,让人到街上买了二十多个冰淇淋,一人发一个。递给老张时,舌头便将酿了许久的几个字送出唇:"老张,这是你的!"话出口,连他自己也愣了,便看四周——都在啃冰淇淋,没人在意,连老张脸上也没异色——又加上一句:"老张的舅的表姐是我大姑的嫂子……"

老张诺诺:"不错,不错……"

大家都笑。吃完冰淇淋,他喊"老张"就顺口多了。

日子一长,他索性连"老"字也省掉,直呼老张的名儿。老张也没觉得有什么:"在一块共事嘛,叫啥都行……"

那一晚,老张正在看电视,有人急急地敲门。开门一看,是他。手里还掂着酒什么的。

"嘿,好长时间没到您这儿来了,今个儿咱爷俩喝几杯……"

几碟小菜桌上一摆,两人畅饮。几杯酒下肚,话就浮了上来。

"听说亚光提到市委机关办公室当主任了?"

亚光是老张的孩子。提及这,老张的脸膛便透出红润的光泽:"不错,不错……"

"从小在一块,没想到亚光有这么大的出息……"他讷讷自言道,端起一杯酒倒进嘴里。放下杯,醉愣愣地瞧老张。

"我得喊你爷哩!"他突然道,"我打听到了,我姑奶奶的姨兄和您老是连襟——对吧?"

"不错,不错……你刚才说什么?"

"说什么啦?来,张爷,干一杯!"

# 永远的阳光

鞋匠很老了,头顶全秃,只是边际残留着乱草似的白发。他整天就坐在那儿打盹儿……这是县城一个极不起眼的角落,很少有年轻人光顾这里。

每天早晨八九点,鞋匠摇着轮椅姗姗而来,将工具箱、鞋墩子什么的往地下一扔,然后双手撑着身子下来面对太阳靠着墙盘腿而会,闭目待客。谁也不知他在这儿待了多少年、还要待多少年……

那日,有人轻轻呼唤他:"大爷,修修鞋……"

鞋匠的眼深陷在皱纹里,这声音使那些皱纹往两边挤,托出一对黑亮亮的活物来。

"嗯?"

"修修鞋……"

眼睛恰像乌云后边跳出来的太阳,使鞋匠的脸膛漾满春光:"那时候你喊我'大哥'……"目光蓦然相遇,如同闪电碰撞闪电,爆出一团火花。火花映亮了埋藏在心底的记忆。她身子一紧:"你? 你——"

"我就是那个鞋匠……"老头儿艰难地挺起腰身,从轮椅后的一只箱子里翻出一双女式皮鞋和一个破旧的小本本儿。皮鞋上满是灰尘,已看不清它原来的颜色……

他打开小本本儿,掀到一页有记号的地方,念:"刘素贞,皮鞋一双。1957年9月……"

"我就是穿着这双鞋栽的跟头……"

"那不是跟头,那是人生一曲……"老鞋匠纠正道,"我那时经常看你的演出——你演出了真实……这是我这一辈子修得最好的一双鞋,可没有人来取它……"

鞋匠拿起抹布细细地擦那双鞋,上了油,刷子飞快地打磨了两遍,昔日的光泽便在那双粗糙的手下渐渐泛起……

"还能穿吗?"

"能,能……"女人的眼里早已涌满泪花。

"你现在很好吧?"

"嗯,嗯……我很想念这个地方……退休了,我们一道来看看……你,你好吗?"

"我还是鞋匠……"老人将那双皮鞋包好递给女人,两只手有些抖。女人接住鞋,泪水已漫出眼堤,泣音在喉间咕咕作响。她张了张嘴想说什么,一转身,紧抱了鞋疾风似的离去,头勾得很低……

老人看着她的身影在远处凝固,慢慢闭上了眼睛。

第二天,女人和丈夫来谢鞋匠。老鞋匠没再来,他坐过的那块地方是一片灿灿阳光⋯⋯


# 藏品

丈夫每天上班前忘不了叮嘱一句,好好看家,我不在时,千万别放人进来!

她便点点头,例行公事似的。

目送丈夫走远,她将防盗门、内门都上了保险,就好像是在替丈夫行使什么职权。

一个人关在屋里,她也不急,整理房间、擦拭家具,看看电视,一上午就过去了。每到该吃午饭时,丈夫就会打来电话,说要陪上边来的客人或什么检查组之类,不能回去了。

晚间也如此。时间长了,她也习惯了,中餐晚饭都是只做自个的。有时丈夫回来得晚,她就苦苦地等。

我成了守活寡的了,整天价陪着这空房。你瞧瞧人家,早晚的还带着老婆赴宴、跳舞,你呢?

嘿,我这也是没法儿。正想回家,又来了一拨人,你说咋办?

公家的事该办得办,可别借着这幌子干私活——听说你那大院里有偷

偷摸摸在外包养二奶的……

嚯，我可不是那号人——都这把年纪了，还能开放到哪一步？

七八十岁的还有养小的哩，别说你！

丈夫被噎得嘿嘿干咳。咳着咳着，就将脸扭到一边去。从那以后，丈夫回家都带一两方手帕——就是宾馆、饭店时兴送给客人的广告，上面印着店徽、电话号码等。大小相仿，但图案各异。

丈夫每次都是人没进屋，手帕先塞了进去，好像在自觉接受监督、检查，又好像是递进去一个特别通行证。随后，门就开得大了些。

抓好那手帕，她都是草草瞥一眼，还丈夫一个微笑。

翌日，待丈夫上班后，她就照着手帕上的电话号码拨电话，用丈夫同事的口气询问人家是否捡到一串钥匙。一提到丈夫的职衔，对方的声音便变得软软的。

这只是个借口。用这借口，她想验证丈夫的行迹。除此以外，她还想了几个备用的。

许多次放下电话后，她的脸上便浮出浅浅的笑来。但也有笑不出来的时候。于是，脸海里便涌出一串问号：他昨晚去哪儿了，他会骗人吗……

手帕越积越多，她便将它们分类存放：没问题的，用红绸扎一捆：有疑问的，另放。两者的数量几乎相等。没事的时候，她就数那有疑的一堆。一、二、三、四……数着数着，心底就拱出一片荒草。

那一次她刚拨通电话，一个甜甜的声音说，您好！欢迎您参加个人藏品大展赛……

喂，你说什么，什么大展赛？她瞅瞅手帕，想必是拨错了号码。

个人藏品就是您平常收集到的火花呀、烟盒呀、古玩呀……还评奖呢！

手帕能不能参加？一说有奖，她忽然有了兴趣，急急地问。

能，这也属于个人藏品……

放下电话，她将所有的手帕都拿出来。没问题的那一捆解开一数，嫌少，又将有疑问的掺和进去。再数，嗬，足有四百条！

挟着那包手帕,她第一次走了很远。

参展那天,不少人在那一方方手帕前驻足细看,耳语而笑。

她就在那展台前守着,人家笑她也笑。不时地有工作人员给她送矿泉水。她说,我不渴,真的,我不渴……

大展结束后,她的藏品获了奖。奖品是条上等绿毛毯。

提着展品和奖品喜滋滋地回家,一进门,发现丈夫在客厅里坐着,一脸愠色。

哟,今儿个回来这么早?哪儿不舒服了?

你咋敢把我的……拿去给人家看?

哈,你生气啦?我告诉你,你带回来的这些玩意儿还给你挣回来一条毛毯——是特色奖!

# 假发

他早早就谢顶,不到四十岁,头顶上已有不小的亮度。他不想让人看见那亮度,将两边的头发硬铺上去,看上去活像个黑"X"。

妻说,反正又不找对象了,遮掩它干吗?再说,这挺有风度……

上班前,他都要仔细地摆弄一番,将那"X"固定好。可出门一迎风,那"X"就掉下来,似两缕荒草在耳朵后乱摆,理也理不上去。

买个假发戴吧。妻劝。看你那个难受劲儿,难出门了。

花那个钱干吗。他淡淡地说。

不久，他被任命为一个部门的负责人，整日跑东跑西的，竟也跑出些名堂，家底就厚实起来。门里门外，人家都喊他"经理"。他经常出差，在家的日子就少了。

妻把心牵在他身上，空守孤独。

那日很晚了，妻听见有人捺门铃。问是谁，一个陌生的声音说是我。妻问了几遍，那声音就笑了。咋，连我也听不出来了？

开了门，妻吓了一跳：门外站着个满头乌发的男子！

正要关门，那个人就硬挤进来。

瞧，真认不出来了？在假发的遮掩下，他的笑也变形了。

吓死我了！妻说着，便扑到他怀里。不像你了，不像你了，真的！

是吗？他乐得浑身乱抖。我买了两套！

有了假发，妻心里就疙疙瘩瘩的，好像什么都变味了。

待他出去，妻就将另一套假发藏起来——她不想看见它，目光一触及那异物，心里就不舒服。她甚至闻出了那假发上的香水味儿。

往后的日子，她不但空守孤独，还多了一个不祥的预感。

他终于回来了。

那是一个下着小雨的傍晚。门铃响过之后，她打开了门。

站在门外的他身上湿漉漉的，剃得净亮的脑袋像刚洗过一般。她惊得睁大了眼睛。

回来了？

回来了……

那个呢？就是留下家里的那个……他抹了抹脸，手上也不知是泪是水。

她默默地将那个假发拿出，递给他——他一直在门外站着。

将假发丢进垃圾箱里，他又站在门外。

我能进去吗？

能……她说，眼睛便被泪水蜇得生疼。

我身上很脏……

好好洗一洗……

第二天,她陪他去了检察院。

出来时,两人在路边紧紧地拥抱在一起。


# 飞上树的鸡

那天早上,程乡长走到伙房前的泡桐树下突然不动了——背在身后的两只碗一翘一翘的,似推敲什么。

几个蹲在树下吃饭的乡干部瞅瞅他,见他的眼光与自己并没牵连,便低下头看碗。有那好操心的,单盯着程乡长身后的那两只碗,眼睛一眨一眨的,竟合上了那推敲的节拍……

程乡长是从市机关下来的,白净净的脸上挂着一副眼镜。他头一天到乡里报到,就看到这株泡桐似巨蘑耸立在这大院里,营造了一片阴凉。只是这巨蘑半中腰平伸出一杆股子,犹如人的肋间多出一只胳膊,别别扭扭的。

当初他是看不惯的,印眼里的次数多了,竟也顺了。可今天他才发现,与这杆股子平行的,还有地下一溜儿鸡屎,点点斑斑的。虽然被人清除过,可痕迹犹存,似一道分界线——几个苍蝇在这道分界线上哄闹着。

鸡屙屎得飞上树吗? 他想。

他扶了眼镜,就像举起一架望远镜,仰脸往上看。他仰脸,其他人也仰

脸。仰得脖子疼，也没看出个啥，便丢下他一人自在。

程乡长终于看清那杆股子上哩哩啦啦沾满了鸡屎，变成了花秆儿，与地下的分界线几成一色。

鸡还飞到树上厕屎吗？他问。

有个声音吃吃地笑。到夜里你来看看就知道了。

他只是出于好奇问问，问罢，并不当一回事。只是这顿早餐他没吃。

乡里工作忙，一眨眼都是活儿，又得应付各种检查，还得笑脸陪客。忙到天黑，才知道一天又过去了。入夜，乡政府大院便宁静了。月上东天，清光如水，徐风送爽，树影摇曳。程乡长忽然想起鸡上树的事儿，便悄然来到大桐树下。

那杆股子上黑乎乎的蹲满一排活物，尾靠尾，头挨头，方向一致。你啄我一下，我给你一口，叽叽嘎嘎的。时不时地，扑扑塌塌丢下几泡稀屎。

这些家伙，原来是黑地里做活儿！程乡长不想久留，疾步离开现场，生怕甩身上一星点秽物。心里愤恨道，这还得了！

翌日，他老早就站在大桐树下，见人就问，夜里这树上的鸡是谁家的？

他问，人家就用一种怪兮兮的眼神瞧他，嗫嚅地说不清楚，擦身而过。最后撵到伙房里问炊事员老张。老张说，这地方的鸡都好上高枝——惯了……

这是乡政府，哪能让它们胡厕八厕的！

老张笑了，说，你别急，别急，吃罢饭找人锯了那股子……

这一说，其他几个人喳喳道——

那不行，你锯了那股子，鸡还得往高处飞……

不假，鸡站到那股子上人还能躲着点，飞到高处，屎厕到头上还不知哪飞来的臭弹哩……

程乡长回首望望那股子，眼里就起一层雾，恍若自己的肋间也长出一只胳膊。

他长叹一声，说，留下这只胳膊吧……

这顿饭，他还是没吃。

# 怪癖

"你有录音机吗？"邻床的红脸老头突然侧过身问我。

我感到奇怪："医生不是叫你好好休息,听录音机干吗？"

"嗐,硬睡不着啊！"他痛苦地眨动着眼睛,"你不知道,我这个人不听一段录音是睡不着觉的。"

没想到这新来的病友还有这怪习惯。

我跑到另一个病房,借来一台小型录音机和几盒磁带。

"你想听什么？"我俯身问他,"是京剧选段还是……"

"我不想听这些个。"老头儿抬起身子,把个背拱起老高,在枕边的小提包里掏了半天,摸出一盒脏腻腻的磁带,"给,这个……"

说完,他眯了眼躺下,一霎时就做完了准备入睡的动作。

我将这盒神秘的磁带装进录音机里,倾听着。录音机响了,可放出的既不是老戏,也不是轻音乐,而是一段会议实况:在一片乱哄哄的声浪里,一个催人入眠的声音正在"嗯、啊"地做报告……再一细听,竟像这老先生的声音！

我正发愣的当儿,那新来的病友已经打起呼噜,满是皱纹的脸上凝着一片惬意的微笑。

# 萨斯鸟儿

那只漂亮的鸟儿是别人送他的,叫鹦鹉。

当时,那鸟儿见到他就挪着两只脚,好像向他致敬——局长好,局长好! 他很高兴,说,好,好,好。

其实,他并不是局长,只是个副职而已,很管事的。来人看他很高兴,瞅着他的脸说,那事儿……

过后才知道,那鸟儿是个通人性且会说人话的尤物。收到这礼物,最兴奋的莫过于妻子。也许是更年期的缘故,妻子对任何人都存有疑心和戒心,却对这只鸟儿友爱有加。天天陪着它说这说那,都是些私房话,有的连自己的丈夫也不曾听到过。

经过妻子的调教和训练,鹦鹉大有长进,不但会礼貌用语,还会见啥人说啥话,且都是三个字。见是胳肢窝夹着皮包的,就说,放下吧,放下吧! 人走时,就说,领导好,领导好! 人家要走了,它必定送到门外,连声说,您走好,您走好!

去过他家的人,都夸这只鹦鹉是个鸟儿精——跟着啥人学啥人。

鸟儿精也有弄错的时候,但很少。有一次,来了一个年轻的女士谈事,恰好夫人进了卫生间,那鸟儿便欢叫道,包二奶,包二奶!

一听这,夫人放下急事,提着裤子出来了,脸上挂着怒色,双目圆睁,对着那位女士喊,原来就是你啊!

你瞎嚷嚷个啥! 丈夫按住火,压低声音。人家是来说事的……

说事咋不到办公室说去!

那女士满脸通红,提起包就走。夫妻俩眼瞪眼地看,就听鹦鹉响亮的声音在屋里回荡。下次来,下次来……

他气得骂道,下次来你奶奶个头! 上前就要拧那鸟儿,吓得那尤物翅膀乱扇。夫人慌忙横身挡住,眼角一挑给了他一个警告。你在它身上出啥气——有气给我要!

都是你调教得好!

它没来咱家之前啥都懂,还用我调教吗?

有了这句话,多年来他第一次很认真地多看了妻子两眼,捎带着分给鹦鹉一点。这一切,都是在无声中完成的,也是在无声中塌落下去。于是,出口的声音便软了下来。是的,是的……

春节过后,一种叫非典型性肺炎的病疫开始蔓延,又叫SARS。那天,市里召开防治"非典"紧急会议,要求很严,还宣布了纪律。会后,他应邀到一个星级宾馆吃饭。刚到大厅,一张张笑脸便把他包围了。他也笑了,问,这"非典"怪厉害吗?

"非典"是不典型的肺炎,好治,咱该吃的吃,该喝的喝,有事别往心里搁。

推杯换盏之间,忘了灯外之天。酒后又是洗澡又是按摩,要多舒服有多舒服。到家后已是夜半时分。一进屋,有个声音便说,非典型,非典型!

他很兴奋,学着说非典型,非典型……

那声音说一句,他也说一句,就这样一句一句地交流,像是遇到知己一般。屋子里散落的音符怪怪的。

第二天早上,有电话打进来,先是笑语,后是严厉。听着电话,他还看着那鹦鹉。那鸟儿勾着头说,非典型,非典型……

它勾头的姿势极像他的夫人。他心里就想,这家伙啥都知道,便忘了电话那端。

其实,昨夜他在洗澡按摩时已出事了:一个从重疫区回来的打工者被专家确诊为 SARS 病人——这是本市第一例。

当时,许多人找他,因为他是值班负责人。找不着他,便往上汇报。非常时期不是平常,许多人成夜不眠。这不眠之夜就有了非常故事:立即将他免职!

电话里,他还以为是笑话,便把笑话送给鹦鹉。领导好,领导好……

那尤物还是重复那句,非典型,非典型……

奶奶的,这家伙傻了,就会说这一句。

在近旁的夫人已听出些眉目,抛出一个冷眼。它不傻,是你傻了!

待他问清楚事由,身子忽地酥了。猛地将鹦鹉扯到地上,一脚踹过去,并没有踹到。还是老婆动作麻利,只一脚,便将那鸟儿踢飞,恨恨地道,你就是 SARS——看我杀死你!

那鸟儿抖抖乱毛,歪着头还是说,非典型,非典型。

他惨惨地笑了几声,扑地做鸟儿状,两臂扇动,膝行如龟,渐与鸟儿近,头一低,磕了个响头——

再给我一次机会吧!

# 天罚

暖风儿打着旋儿在嫩叶间低唱。

我们哥儿仨盘坐在树下野餐。火腿肠、豆腐干、花生米,还有烈酒。放眼望去,一湖碧水波光粼粼,水波层层。游客鱼儿似的满世界弋动。

喝,喝!

两瓶酒下肚,哥们儿还不尽兴,又打开第三瓶。

嘴唇碰到酒杯,旁边又多了一个身影。这个影子不知啥时候已在我们周围出现,忽左忽右,也像条鱼儿。

我禁不住抬起头,一个女人的脸庞便跌进眼帘。

先生,先生……一串甜软的声音冲击着耳膜,心里便被挠得生痒。再瞧瞧那俩哥们儿,眼光都被扯散了。

先生,先生……

你想要啥——陪我们喝酒不?

不,不——你们的酒瓶子……

啥酒瓶子?

就是空酒瓶子……

喔,原来是个拾荒的。一个哥们儿摸出一元硬币丢给那人。

我不要,我不要……

咋,嫌少?

不是那个意思——我只要酒瓶子,别的不要……

嘿,世上还有这等拾破烂的呢。拿去吧,拿去吧!

一双手抓钩似的伸过来,很麻利地撮起两个酒瓶子。走不多远,她回过头来不放心地说,还有那个酒瓶子给我留住,可不要叫别人拿走……

我们三个就笑,直笑到她的身影与不远处的一辆三轮车叠加在一起。

这事过去不久,我就淡忘了。不是淡忘了,是没有印象了——一点点印象都没有了——因为这事太小了。

那天晚上,有八九点的光景,我刚进家属院大门,就看见一个人影忽忽闪闪地在一个楼洞口前翻腾啥。我的脑海里立刻涌现出一个不祥的字眼:小偷!

谁,干啥的?!

那人影立刻凝固在昏暗中。一张女人的脸从惊恐中凸显出来。

我,拾破烂的……

我凑近一看,似曾相识。她一手拽着个编织袋,一手抓着个铁耙子之类的工具。尽管脸上被汗水和污渍覆盖着,秀色依然横出。噢,想起来了——是在湖边。

先生,哪儿有水,我想洗洗——我好长时间没有洗了,身上很脏……

我是不可能将她带到我的房间的,那会惹出什么麻烦。于是下意识地掏出钱包,抽一张十元钞票丢给她。

不,先生,我不能要这钱——洗洗会干净的……

她看也不看那钱,提着编织袋脚步很乱地走了。

大概过了几天,我又遇见了她。那是在郊区的一个墓地。此处松柏葱葱,墓碑林立,冷风飒飒,青烟缭绕。一辆三轮车静静地停在甬道旁。距三轮车几米远,一个女子正在一个墓碑前烧纸钱。那墓碑很不起眼,立在一个角落里。我一眼就认出这就是与我打过两次交道的陌生女人。

我默默地走到她身后,一看墓碑上的名字却将我吓了一跳,尽管那名字已经模糊不清。她并不知道有人在背后注视着她,一边往火里续纸钱,一边独自嘟囔着什么。我只断断续续地听清了两句。

……这都是干净的……你好好用吧……

一沓沓纸钱掉进火里,很快卷起了黑边儿,然后化作一缕缕轻烟随风飘散。

近处有了什么动静,她忽地站起来,左右张望。看到我,她突然惊叫了一声,拔腿便跑。

嘿,你跑个啥,我又不是恶鬼!

她回过头站定,惨淡的笑容浅浮于脸面。你喊我?

是的———那天给你钱你怎么不要?

我不能要……

为啥?

该要的要,不该的可不能要——他就是拿了不该要的,才早早朽在了这里……

他是你什么人？我故意问。实际上，我一看到墓碑上的名字就知道了——"他"是本地一个有名的贪官，且很年轻，几年前被处以极刑。而眼前的这个女人不像是"他"的家人。

不怕您笑话，我是他包的一个……他死前叫人给我捎话，让我每年必须给他送"钱"，不然的话……

你就靠这生活吗？

老天在罚我，在罚我……

你想就这样下去吗？

她突然像是被噎住了。再问，无语。风在枝条上低鸣，纸灰飘飞……


# 剪彩

曹老师病了，好多天没去上班。

他是县城有名的美术教师，教的学生有的都成了小有名气的画家。听说他病了，天天有人来看他。慰问品堆得满桌都是。

文化局的刘局长也来看他，坐在床头上拉着他的手问长问短，竟使曹老师唇抖手颤，眼泪都快掉下来。临走，刘局长说起小孟的画展正在筹备中，并试探似的问他到时能不能给画展剪彩。

曹老师推辞道："那都是领导的事，我怎么……"

社会百态 第二辑

"嘿,你是小孟的启蒙导师,你不剪谁剪!"

刘局长走后,曹老师顿觉病轻,下床找剪子。翻了半天,也不知剪子在何处。

老伴在一旁愣着,嗔道:"啥事这么急惶?"

"剪子,剪子在哪儿?"

"找它做啥?"

"剪彩——我得先练练啊?!" 讲明了缘由,老伴也高兴:"是得练练——你哪摸过剪子?"

老伴拿出剪子,又找出几件破衣:"咱正好该扎拖把,你就好好练吧。"

只半天工夫,曹老师使剪子已经很熟练了。几件破衣变成一堆布条。老两口对面坐着,扎好两个拖把。

"再扎一个吧?" 曹老师余兴未尽。老伴就笑:"够了,等下一回……"

躺在床上,曹老师还拿剪子比画着,一招一式都极认真,仿佛面前有无数彩绸在飘舞。

画展开幕那日,老伴送他出大门,细心地扯平了他身上的新衣。

到了现场,曹老师坐在一个角落里,暗暗叮嘱自己到时千万莫慌,要是几下子剪不断,人家会笑话的。

人都到齐了,刘馆长陪着几个人进来。曹老师慌忙站起。刘局长似乎没有看见他,径直往前面去了。

等一会儿吧,还不到时候。曹老师又坐下。

主持人讲完话,宣布剪彩。曹老师把耳朵支着,捕捉自己的名字。

宣布完毕,并没有他。糟了,一定是漏了!曹老师惶然站起,就见前面几个人已立在彩绸前,每人身旁站着一个托盘子的姑娘……盘子里是亮闪闪的剪刀……

望着那些剪刀在别人手里动,曹老师的右手就不由自主地在新衣上搓揉,随后变成一把张开口的剪子。

回去后,曹老师躺倒了,病得很厉害。

# 密码

都在一个大院里住，上班下班短不了碰头。

小男孩常被妈牵着，出入大门，那人见了，就对小男孩说，喊爷爷！

小男孩便抬起头望妈。妈的脸上有许多密码，小男孩能解读。

妈的密码很快输给小男孩，小男孩就喊，爷爷！

唉！那人响亮地答应了一声，脸上的笑几乎滴下来，他掏出一方手帕，就是酒店、宾馆赠给客人的那种纪念品，摇着，似风吹动的一面酒旗。

再喊一声，乖儿！

小男孩又喊了一声。那人笑得半球似的肚子直颤，手帕就飘落在小男孩藕芽似的指尖上。

那人离远了，小男孩问妈，见了男的都喊爷爷吗？

不，要看他是谁……

他没有胡子，为啥要让我喊他爷爷？

妈说，大了你就知道了……

小男孩知道妈和那个"爷爷"在一个单位上班。妈见了他脸上就紧了。就是笑，也是硬挤出来的，全然不是在家里的那种笑。

喊了几次，小男孩就习惯了。在小男孩的眼里，喊爷爷、叔叔和小朋友都是一样的，只不过要看妈的脸色。

小男孩又长了两岁，不让妈再牵着走了。在院子里，他好和小朋友玩。摆家家时，他当过爷爷，也当过爸爸和爸爸的孩子，甚至还当过一回皇帝。

小男孩上学前班，上学放学大都由妈接送。妈接他回来，进了大院还是牵着他，问今天学的什么，上课捣乱没有……

问的遍数多了，小男孩丢了妈的手，说，妈妈真烦人！

妈怔了一下，极认真地看了儿子一眼，就像遭到领导批评似的紧闭了嘴。

就在这个当儿，那人出现了。那人一脸乱胡，脸上没有了原先的亮色，看上去真老了。

小男孩眯细了眼盯着那人，终于认出了他是谁，张口就是一声清脆的童音——爷爷！

那人想躲开小男孩，可小男孩又喊了一声，那人便怯怯地应了，声音刚能听见……

你别吓着孩子了！妈突然横在两个男人之间，抓起小男孩的胳膊往另一方向拖。

小男孩撕扯着妈的手，却挣不脱，就哭，回过头还喊，爷爷、爷爷……

那人不见了。

妈说，他只比妈妈大八岁！

小男孩说，是你叫喊的嘛……

妈松了手，蹲下来给小男孩擦泪，轻叹了一声，说，大了你就明白了……

小男孩用手背揉眼睛时，一群鸽子正从头顶上飞过。

# 吊魂树

"报告！"屋外一声喊，将我吓了一跳：一个军人模样的瘦汉站在门外。他穿着一身浅蓝色旧军装，戴着一顶脏兮兮的帽子，还束着皮腰带——那腰带都起了毛边了。领章是自制的，是两块不规则的红布头缀上去的。人瘦，胡子却大，像是一蓬荒草，遮掩得眼睛、鼻子都让人看不清。

这就是那个人了——

我一到蝴蝶庄驻村，就听说这庄上有个很神秘的人物，问怎样神秘，谁也说不全圆，只说他是一个神经不正常的人，很早以前在外做事，好像干过不可告人的勾当。原先有过一次婚姻，因他那时经常不在家，媳妇耐不住寂寞，红杏出墙，跟人跑了。现在五十多岁了，一人独过，每天就是在老河中一个孤岛看护他栽的树，很少与人来往——那孤岛他承包了。

"进来，进来！"我招呼他，"吃饭了没有？"

他不进，两腿一并，右手一举，"啪"的一声又行了个标准的军礼："首长，您好！"

我说，我不是什么首长，我是驻村工作队的。

"报告首长，我还没有吃饭！"他的眼光飘落在饭桌上。

"那咱一块吃吧。"

他一个箭步冲过来，抓起一个馒头就往嘴里填，转眼间就不见了那馒头

的踪影，只留些残屑在胡须上抖动。有了这顿饭做开端，他就成了我这里的常客。村干部提醒我："可要注意呢，这主儿可不是一般二般的人物。"

那天晚上，他掂着一瓶烈酒到我这儿，说是请我喝酒。我俩就着一碗咸菜、几根火腿肠边喝边聊。喝到有几分醉意时，他睁圆了双眼忽然问："我是个孬人吗？"

"谁也没有说你是个孬人……"

"我杀过人！"

我的眼就直了，骨头缝里透出一股寒气，酒杯在手里攥出了汗："真的？"

"我说瞎话咋？都是让老子使枪干掉的！"

"你别吓我……"

"吓你咋？是政府的命令——我是个行刑者……"

"那是啥时候的事儿？"

"不能讲，不能讲啊……"

眼前的这个人不是酒前那个人了，是一个陌生人，一个眼里充满杀气的刽子手。

"我也怕别人杀我——我知道那些人恨死我了……"

"恨你干吗，他们又不知道你是谁？"

"这个世上，只要你做了，就会有人知道……"

听他说这道那，我的脑子像塞进了很多乱草，枝枝杈杈的，竟晕乎乎得不知身在何处。朦朦胧胧中，一个响亮的声音在耳畔炸起。"走，看看我的树去！"

我随着他高一脚低一脚地奔向庄后。夜雾很大，房舍树木隐隐约约地依次从雾气中显出，迎面而来，又侧身而去。到了老河边，我俩上了一条小船，晃晃悠悠地向河中心荡去。水面上雾气腾涌，像是一块巨大的花纹玻璃上长出了软毛。桨声打破了河里的宁静，不远处一只水鸟扑棱着翅膀惊飞……

一片黑森森的影子从视线里耸起，渐渐近了，像是一座宫殿。雾气移退，宫门大开。弃舟踏上这座孤岛，我好像到了另一个世界，周围全是树和低矮的灌木，脚底下的腐土很松软，浓烈的异味直冲鼻腔。恍惚中似有声音低鸣，有影子在几十棵特别高大的树木间飘动。

"你猜这有多少棵这样的树？二十七棵！"他指点着那些"柱子"。"经我毙的是二十七个，有贪官、有杀人犯、有投毒的……回来后我先栽了这二十七棵树，一人一棵，看能不能给世上造点福……"

他的声音在这宫殿中产生了回音，就有些黑影飘飘而聚。他猛地拍了拍近前的树干，吼道："你们一点成色没有——看看你们结的是什么东西！"

他这一吼，那些影子竟然消散了。

我脊背上冷汗直下，僵硬的双腿似成了枯死的树干。他瞧瞧我，笑了："别怕，看上去高大得了不得，其实都是空心树——很容易倒哩！"

他说，那棵树长的叶子像是心，这棵树叶子像是肺，还有像肝的……

他说，本指望它们能结出好果子，秋后一看，都不是什么好东西，不是狼心、狗肺，就是驴肝，一见寒风就掉了……

他说了好多好多。这一夜我似睡非睡，似梦非梦。

翌日起来，不见了他的人影。我四处寻找，终于瞧见他蹲在村长院外的一棵大树下——头上的帽子没有了，乱发与大胡子连为一体——同他在一起的，还有一条卧着的花狗。

"嘿，你怎么跑了——夜里咱去哪儿啦？"

"首长好！"他不慌不忙站起来向我敬了个礼。

"你别打岔——我问你，夜里咱上哪儿啦？"

他不理我，举起双手对拍那棵树。在拍打的声音中，花狗很快爬起，直立起身子，连连向他作揖……

# 中国算盘

算盘珠子噼里啪啦地响起来的时候，他就想喝酒。

在这个小镇里，他是个有名的人物，算盘打得好，家境也富裕，没事的时候，腋下夹着个算盘，到处溜达，走哪儿人们都很尊重他，都喊他算盘爷。算盘是祖上传下来的，标准的中国算盘，上排两个子儿，下排五个，珠子都被磨得露出底色。他走一步，算盘珠子便响一串——那就是他的声音。

他和老妻共生了八个孩子，成活了七个，五女二男，正好一排。他启蒙孩子都是从打算盘开始的。见过这算盘吗？全中国就这么一把了。

孩子并不知道老子有什么用意，光觉得这些珠子挺好玩的，两只小手就在上面扒拉着。他可以从孩子扒拉算盘珠子的感觉上，判定这孩子以后能否成大器。

七个孩子中，老大和老末是儿子，这叫两头俏。对中间的五个女孩他不怎么经意。他曾对老妻说，女孩子早晚是人家的，只要识几个字，知道相夫教子、孝敬公婆就行了！

对两个儿子，他是不惜花费心血的。打算盘是必修课，作业可以不做，算盘是必须打的。那一次，大儿子愣着头问，非得打算盘才能成大器吗？

乖乖儿，你现在不懂：人活一辈子就是活出把算盘来，时时刻刻得往上赶，掉下来你可就没有机会了——上边一个子儿抵下边五个！

后来,大儿子考上了国内一所著名的大学。再后来,小儿子也考上了一所重点大学,学的是自动化管理。小儿子毕业后,大儿子已是副厅级干部。当哥哥的已给弟弟安排好了一个舒适的工作,弟弟不乐意,说,我有我的打算,我谁也不靠。

算盘爷知道这事后,苦笑了一下,说,这好,这好……

逢年过节或是有啥大事,小轿车成串地停在他的家门口。这时候,是算盘爷最高兴的时候,比喝四两老酒还舒心,皱皱巴巴的脸上直泛红光,凸出的眼睛算盘珠似的滴溜溜转,就差碰出响声来。

端起酒杯时,他总爱说,我家有喝不完的酒。知道他好酒,镇里的后生最爱到他那儿去,说是跟他学算盘,实际上是想哄他的酒喝。这边扒拉着算盘子儿,那边酒就上来了。有一次,有个年轻人携着一个电子计算器到他家,他一看到那玩意儿,脸上就显出怒色。咋,想跟爷比试比试? 年轻人说,哪敢跟您老较劲儿,我是看它是带电的,请您老玩玩儿。他将算盘猛地举过头顶,晃出一串脆响。这个带电那个带电,能抵过它吗? 说着这话,他的眼光直扎到大儿给他的那瓶价格不菲的名酒上。你们没有这!

从这以后,他加倍珍爱他的算盘,夜里睡觉都是放在枕边。醒来了,先扒扒算盘子儿,算是起床的前奏,甚至喝酒时也忍不住往他那宝贝上抹点酒液,用手指头小心地涂抹。算盘久经涂抹后,珠子犹如秋后熟透的优质大红枣,晶莹剔透,音似玉珠。大儿子三天两头地打电话请他老两口到省城里住几天,享受享受现代的文明生活。知道儿媳妇看不起他这个老农,他决意不去,而推托的理由就是——我那算盘搁哪儿去?

到了春节,很少接到大儿子的电话,以为是出远差了,也不经意,成串的小车也不见影了,这使小镇里的人心里直嘀咕。直到有一天有人从报纸上看到他大儿的名字赫然进入贪官之列,方知是犯事了。人家也不敢跟他说,还是照常到他那儿耍,一字不提他大儿的事。待到他喝晕后,人家故意说,算盘爷,咱这地方就数你家了——你算盘打得好,家里酒喝不完……

唉,成也算盘,败也算盘,没打好,没打好啊!

再往下就不说了，光喝酒。喝到头上冒热气时，人家劝他别喝了，他不。站起来，两眼透红，抖颤着嘴唇吼，你、你觉得我这儿没有酒是不？我叫你们看看，看看！

一转身工夫，两手各攥一瓶高档酒，拿眼前瞅瞅，忽地摔到地上。瓶渣四溅，酒香沁鼻。几个人吓得慌忙扶案而起，惶惶地问，算盘爷，你这是咋啦，咋啦？

咋啦？今个儿咱不喝送的酒，喝咱这小地方的酒！

这场酒下来，算盘爷大醉，牙也掉了几颗，满嘴血污。翌日清醒过来之后，含混不清地问老妻，我的算盘呢？

老妻拭泪不答，再问，还是不答。他恼了，左右一顾，欠身想起，被老妻捺住。老妻缓缓伸出一只手，张开五指让他看：手心暖着一颗算盘子儿——算盘是他喝醉时被摔零散的，还跺了几脚，其中一颗算盘子儿被他咬得稀烂——就是老妻手心里的这一颗。

过了两日，老妻不知从哪儿给他弄来了一把算盘。他拿在手里晃晃，一甩，那物件便飞得老远……

# 熊掌

这个大院一共有六个垃圾洞，下岗职工老胡全包了，还编上了号。因为他发现这些垃圾洞的垃圾特别高级，从不见煤渣什么的，都是些包装盒、酒瓶、饮料盒啥的，甚至还有八成新的皮鞋袜子，没动过的食品、罐头、补品等。各种颜色掺在一堆儿真令人赏心悦目……

那个周三的下午，他从二号垃圾洞里掏出一只熊掌，是装在一个牛皮信封里的。他不认得这就是熊掌，心想，反正这垃圾洞里没赖东西，拿回去让科长看看——科长见识广，再说还是科长介绍自己来这个大院打扫卫生的。

到了晚上，老胡瞅着科长过来，拉他进了小屋，挺神秘地说，给你看一样东西。

啥东西？

老胡从床底下拿出那牛皮纸袋，将那宝贝疙瘩往外抖搂。只出来一半，科长的眼光便猛一亮。

嘀，这不是熊掌吗？

你咋知道的？

没吃过猪肉还没见过猪跑吗——老胡哥，你从哪儿弄个这？

我想请你的客，托人弄来的……

科长不相信地看着他，直看得他那张脸紧紧巴巴地乱颤。

别请啦，我心领了——还不如用它办事哩……

行，你拿去！

没料到，仅过了三天，又有一只熊掌落到他手中：就在同一个垃圾洞里。只是包装不一样，这次是一个精美的塑料袋。

老胡对这东西太熟悉了，手一触摸到便知是什么。

等到下班，见科长往家走，老胡便使了个眼色。

科长似得到了什么信号，几乎小跑着过来。

啥事？

看看，又给你弄了一个。

科长一看，眼里就有了异色，脸上的肌肉歪歪地颤了几颤。

用不着了，用不着了……

那咱就吃了它——我请客。

约好了时间，科长带着妻儿，打一辆面的去一个高级酒楼。到地方要了一个雅间，落座后将熊掌交给小姐去灶房烹制，还没吸完一支烟，小姐神色紧张地进来，怕被烫了手似的将那包东西扔到桌上，忙用湿布擦擦手。

怎么啦？对不起——厨师说熊掌难熟……

科长说，那我们就换地方了——我不信没人能做。

可跑了几个餐馆，厨师不是没见过熊掌，就是说这东西难熟。

算了吧，多少年没吃过熊掌不照样过来了？科长的老婆说。

科长恨恨地道，我说咋把它给扔了——不是熊掌难熟，是咱这地方会做熊掌的早绝了种！

改天再说熊掌的事，咱上哪儿啃猪蹄去吧？

# 天堂猪

那时，他还在官场上，不大不小算个处级吧——这在县城算可以了。求他办事的几乎每天都有。求人办事，大都不会空着手，于是大包小包和成扎成条的名烟好酒以及红包便流进他家。

他爱人是乡下的，原先是个喂猪的好手，进城后，对养猪还是情有独钟，时不时地在枕边用她软软的乡音熨他的耳毛。说多了，他就不耐烦地说，这到了啥地方，你还想着猪……

你别忘本——没有我在家喂着几头猪，能有你今天？

这我哪敢忘？想当年，咱俩好，你家里人死活不同意，你铁了心跟我，我就想，等我混出个样儿，一定让你过上天堂一样的日子……

天堂里也不能没有猪……

你瞅瞅，哪样东西不比猪值钱？

东西是东西，猪是猪，这是两档子事。

好吧，你想喂就喂吧！

于是，院子里就辟了猪圈。两头猪在圈内悠悠自得，身上的毛油光发亮，见了人来，将那红通通的嘴巴高高抬起，哼哼唧唧地讨吃……

来的人多，她就陪着人家看她的猪，谁要是夸她养的猪好，她便高兴地咯咯大笑。若是再夸她会过日子，她的眼睛就会一亮，跑屋里对着丈夫的耳朵叽咕几句，事情大半能成。知道她这爱好，送礼的定会捎带着猪饲料和催长素、添加剂什么的，在她面前吹嘘这都是最新的科研成果，用了之后，要不了三个月准出栏。她听了，两手搓动着，眉梢眼角都流出笑来。

丈夫劝她，叫她别当真——那些猪又脏又臭的。

啥叫脏，啥叫臭？可以说，咱养的这些猪是天底下最干净的！

果然，她养的猪早早就被人订购，价格高于市场，往往还是预付款，买家甚至为一头猪争得面红耳赤。谁要是能抢购到她养的一头猪，必在他人面前夸耀几天，连口水都顺着嘴角子下来。

某报记者听到这个消息，前来采访。她说，这没有啥，应该的，应该的——咱不会干别的，养猪为国家增加点贡献总可以吧？

记者看了看猪圈，惊得眼睛瞪得溜圆儿，只说不错，不错。又到屋里看看，见还有打补丁的床单，就说少见，少见……

没过几天，报纸在头版登出了关于她养猪的报道，称她是破除陈旧观念的典型，还加了编者按。

她出名后，丈夫也很快被提拔到市里当领导，副厅级。她喜滋滋地对丈夫说，咋样？听我的没错吧！

搬家那天，丈夫劝她，到市里你别再养猪了。她说，到哪儿咱都不能忘

本——没有猪,就没有咱的今天……

不料,她的豪华猪圈刚刚启用,丈夫就东窗事发。几个执法者到她家里搜查,见到的都是陈旧过时的家具和电器,眉头就紧了。其中一个到猪圈看看,竟被那头种猪吸引住——那畜生把个红通通的尖嘴头子举得老高,鼻孔一耸一耸的,不住地指着堆放饲料的小房间。执法者的眉头猛地张开,直冲进那小房间。只一会儿工夫,大量的赃款、赃物和存款折被亮到阳光下……

被带上警车时,她不停地问执法者,我那猪咋办,我那猪咋办……

# 不萎花

对岸堤上的树木很密,犹如一道道篱笆扎在那儿。到了傍黑,河里的鸭鹅都归窝了,只剩一河碧水静静地躺在两岸之间。对岸绿树的影子悄悄融进河里,铺开一张长画,直连着西边的余霞和东边的大桥。里面似有万物萌动,生出秀峰险壑……

他喜欢洗完澡坐在堤上痴看这幅渐渐暗下去的画。他身后是一间小屋,一只小狗儿,还有一片夹杂小树之间的月季和幼菊。

他是护堤人,上堤刚半年。这二里长的北堤归他管。春天,他在这堤上刨坑植树,又觉得单调,便在小屋两旁栽了许多花卉。

到时颜色一定要比对岸的好看。他想。

余霞消去,水中色褪。他还是坐在那儿不动。小狗儿懒懒的摇着尾巴过来,卧在他腿边,睁着亮亮的眼向河里望。

小狗儿的耳朵忽然刮刀似的尖起,对着对岸某个地方愣听。他轻轻拍拍狗的脑袋,狗的耳朵便软了下去。他看见对岸那个地方一片"篱"乱摇,一阵笑声从那里冲起——笑声很脆,被夏日的晚风酿成蜜,涂抹着他的心旌。

他已经几次听到这笑声了。初听耳热,再听脑热,而今心热……

对岸水边隐隐出现几个人影,犹如几朵风中花瓣。嘻嘻哈哈的说笑声填满了河床。

她们是在洗衣,那哗哗的洗衣声竟也醉耳。

他盯着那群影子,额上密密层层地渗出汗珠……

"下河洗洗吧!"一个声音说。

"下就下……"

于一阵笑声中,几朵莲花在水中漾开。他的胸中便涨满了异样的愉悦。

水中,一个影子逐渐往这儿移。小狗儿支起前腿,喉咙里发出呜呜的响声。他狠狠将狗按倒,让影子在视野里扩大。

近了,一头湿漉漉的秀发,双臂新藕似的划动。内衣紧贴着身子,显现出丰满的胸廓。

"喂,看堤的,能给两朵花儿吗?"她说,细波在胸前一起一伏,勾勒出成熟的曲线,"天天看在你这边栽花儿……"

"嗯。"他睁大了眼睛,茫然不知所措,"问我?"

"当然不是小狗啊!"

一片笑声就在河中央肆行。

"好,好……"他拖动双腿,去花丛里采了四朵开得正艳的月季。

岸边的姑娘已挺露出上身。接了花,迅速将身子没入水中。她把花儿凑在鼻前:"真香!"

一手持花,一手划水,渐渐远去,留下一尾水迹。就听她的声音说:"来,一人一朵,胆小鬼!"

河里就激起几圈水花。

他站在水边，嘴里弯出一个长长的笑。

从这天起，他精心侍弄那些花儿，对采过的那几株月季尤为偏心。就见那些花枝遇风带醉，娇羞百态。过往行人驻足观赏，心愉而去。

每到傍黑，他还是坐在老地方遥望对岸。树丛摇曳，心惊目动。天天有人下河，只是没有了那笑声。那些下河的大多是和他一样的人，脱得赤条条的，在水里"狗刨"、"打嘣嘣"，尽欢而去，留下一河青幽幽的静寂。

白天，他还是照常巡堤，护理花木。夜间听得狗叫，下床外视，唯恐花被人盗去。

到了秋天，金菊怒放，月季争芳，半堤好花招眼惹目。

那天，一个骑摩托车的带着个筐来到小屋前。狗叫得很凶，那人也不理，径直走到正在培土的他身后。

"嘿，买花儿！"

他转头侧视，认得这人儿——这一片有名的"牛皮大王"，贩牛皮、羊皮的赖三。

"这花儿不卖——你想要就弄几棵去……"

"咋的？我稀罕这东西——是我那媳妇要！"

那人掏出一大把票子扔到他脚下："喂，给我挖几棵好的！"

"我不卖，你掏一万也不卖！"

那人就愣了，舌头就在嘴里搅了几搅，拾起钱塞进兜里，扭头上车离去。

第二天，一个夹着小包的女人悄然来到堤上。小屋四周静悄悄的，花香暗浮。狗瞅瞅她，低鸣了两声，在她腿边转了一圈儿。她在花丛中蹲下，细细地嗅着那花香，眼里溢出亮丝儿。

小屋的门开了，带着憔悴之容的护堤人立在门旁，默默地注视着她。

她听到了响声。缓缓站起，四目对视，无言良久。

"还认得这朵花吗？"女人从包里掏出一本书，展开，一朵形变色未改的月季花裸身阳光下……

"认得……"他颤颤地说，"还要吗？"

"要……"

# 无堤河

又上了这座古老的桥……桥下的水不多，河滩上冒出片片锥子似的青草。

小时候她就爱到这座桥上玩。桥上的青石栏柱她都摸过、数过。一个、两个……共有三十八个。栏柱头都被人摸亮了，都没了棱角。不知多少人把指印留在了上面。瞧那坑窝！

大了，她很少上桥，却几乎每天到桥下洗衣。水很清，水底晃动的水草都能看见。两只手在洗衣石上搓那柔软的湿衣，便有无数彩泡随水漂去……

她爱一个人到桥下来，清静。赶到雨季，洗衣石常没进水里。她挽起裤腿，一步一探地朝深水里去拽那洗衣石。凉意慢慢爬上脚脖、小腿，整个身子便浸润在神话般的快乐中。

大堤将身后的庄子挡住，也看不见对岸的村子。只闻鸡鸣狗吠、鹅叫马嘶——河那边就是外省。

一群鸭子呱呱地叫着朝她游来，扎猛子、扇翅膀。离得近了，她就用水去泼那鸭子。手一扬，水链里便有很多颜色变幻着，宛若一闪即逝的虹。

牧鸭的少年不撑船，跟在鸭群后面，只露个头，一沉一浮的，像个刺猬。

见她轰鸭子,加快游过来,将鸭赶到河心。回转头仰游,两手一划一划地远了,只留下一串凝固的眼光。

这样的眼光有多少回?她记不清了。只记得那一次去洗衣,洗衣石已被人挪到合适的位置。视线越过细浪滚涌的河面望去,牧鸭人坐在对岸接住……

后来,他们就说话了。再后来,一天见不到牧鸭人,她心里就无端地烦躁。

终于有一天她对牧鸭人说:"你快找媒人吧,俺爹把我许人了……"

牧鸭人的手就在身上乱搓,搓出一道道红。

媒人来了。她不愿意。就在那个晚上,她和牧鸭人约定:翌日天亮前在桥上见,一道远走高飞。

"你不怕?"牧鸭人问她。

"到这时候我啥也不怕……"

正是汛期,河里水大。她早早来到桥上,凝立在桥上,企盼着那熟悉的脚步声。

那脚步声始终没出现。她有些累,伏在栏杆上朝水里望。宽阔的水面激浪奔涌,桥墩旁旋着一堆堆乱麻似的水窝,一卷一碰,带着曦光远移……她的眼光融进这巨大、黑绿的浪体中,身子恍若生出两翼,渐渐飘起,又落下,跌进一种永恒中。

夜色四散,霞光浮露。两个早行人在桥上发现了一个小包袱。他们看见中间的栏杆上系着一条红纱巾,被晨风吹得旺成一团火……

她就这样走了,谁也没找见她,沿岸只留下长久的呼唤。

现在,她又登上了这座桥,目光向那块多年前曾经注视过无数次的地方撒去,可网到的只是一摊春草。没有鸭群,也没有牧鸭人。

她默默地数着栏杆,十三、十四……蓦地,眼前出现了一个空缺;一根栏柱没有了,恰恰是系红纱巾的那一根。

谁把它弄断的,为什么要弄断它?她蹲下抚摸着断痕,一根完整的栏杆便复原了,红纱巾还系在上面……

填补空缺的不是栏柱,是一个人——他站在大堤上,手持一根扎着红纱巾的长竿呆呆地向这里凝望。

她向那地方奔去……

没有桥,也没有岸,只有遥远的红纱巾……

这是一个梦。醒来的时候,她手里紧紧握着一封远方来信。

# 原色

她结过三次婚,可三个丈夫都是在和她结婚不到一年就离别人世:第一个丈夫是一次车祸的受害者,第二个丈夫得了一种怪病郁郁而终,第三个丈夫癫痫病突然发作跌进河里……

第四次结婚时,她已经三十一岁了。新郎是一个相貌端正的白净净的外省小伙子。据说,两人是在火车上偶然相识,是那男的硬追过来的……

结婚那天,来贺喜的不多,只有几个爱瞧稀罕的老太太。趁新娘不在跟前的时候,一个镶着满嘴假牙的老妈妈拽拽小伙子的胳膊悄声问道:"她怎么样?"

"她好……"新郎操着生硬的本地腔说。

"不害怕吗?"

"什么?"

社会百态 第一辑

"你知道她前面三个……"

"我从不问她这个……"

"不出一年,"老妈妈搓起手,将嘴扭向一边悄悄说道,"不出一年……"

一年、两年过去了,这个家庭并没有发生不幸。到了第三年,这对引人注目的夫妻有了一个可爱的女儿……

一个春天的傍晚,这一家三口在街上散步时,被一个拄着拐杖的老太婆拦住了。

"这孩子真好,"老太婆伸出一只黑瘦的手抚摸小女孩子的头,一笑就露出两排微黄的假牙,"真好……"

"我认识你!"孩子的父亲对着老人的耳朵眼说。

"认识,认识……"老太婆蓦地将目光移向孩子的母亲,慢慢举起三个枯枝的指头,"我年轻时和你的命儿一样,可就是没有第四个、第四个……"

# 红杏树

庄后就是老黄河大堤。堤上有很多百年以上的老杏树。一到春天,满堤都是雪似的杏花,香气能把人浸透了……

三月里的一天,十七岁的她正在自家承包的一段堤坡上栽杏树——村长说这段坡树太稀,按规划须再补栽几棵——一辆吉普车戛然停在离她不远的一棵老杏树下。她吓了一跳,停住手往那边看。

车上先下来一个乡干部模样的人，又下来两个穿风衣的小伙子。其中一个从车里拽出一架扁盒的机器扛在肩上。

"喂，就你一个在这儿栽树吗？"第一个下来的人问她。

她心里有点怯，但还是点了点头。

"电视台的记者想补个镜头，你配合一下。"

她还是点点头。

一个小伙子微笑着将那架机器对准了枝头上密密丛丛的、似开不开的、紫红色的花骨朵，而后慢慢移向她。她有些慌，拿锹的手竟抖了起来。

"请别往镜头上看……"

她不再往那机器上看了，视线全让锹头扯着上下晃动，浑身的血宛如解冻的冰河奔涌着……晌午从大堤上下来，她对谁都没说起这件事，恍惚做了一个梦……

过了些日子，乡里的熟人说她上电视了，还放了好一会儿哩。一时间，三里五村都知道了这件事……她却跑上大堤偷哭了一场。

这以后，每天登门最多的是媒婆。可她一个也不允，天天上大堤守护她的杏树。奇怪的是那天栽的四棵杏树，只有被摄入镜头的那棵活了。有人告诉她：这是一棵优良品种，叫红杏……

过了三年，"红杏"开始挂果了。麦收时节，那杏熟得淌蜜……她还没出嫁，常站在大堤上往远处眺望，如梦如痴。庄里人说："这闺女傻了！"

又过了两年，她终于订婚了。男方是一个收羊皮的，家里有拖拉机，大彩电……

出嫁那天也是在三月，堤上的杏花开得正灿烂。两辆小拖拉机开进庄里，将她接走了。前面一辆拉的是她和傧相，后一辆拉的是她的"嫁妆"——那棵银花满枝的红杏树……

有人看见，新娘坐上拖拉机时，泪水从眼里漫了出来。

社会百态
第二辑

# 活手

她很少出门。

门是双层的,外面是一道坚固的防盗门——那是男人临走时安装的。

男人说,这样保险,我在外挣钱也放心了。

隔十天半月,男人就汇来一笔数额不小的款子。

接汇款单时,她总是隔着防盗门。邮递员看不清她的脸。只看到一只瑟瑟发抖的手从网眼里伸出,活像一条被惊吓的蛇。

从邮局取钱回来,她像个贼,不住地往后看,老觉得有谁跟着。

进了屋将道道门牢牢锁定,几个房间都查看一遍,才敢松口气。接着是数钱。

她的大半时光是在数钱中度过的,一遍又一遍。票子在手中哗哗作响,她就会听到一个声音在耳廓深处召唤什么。

日子一久,那声音就营造了一个天堂。

半年以后,男人兴冲冲地回来了。打开一道道门,男人吃了一惊:卧室也安上了防盗门!

男人千呼万唤,卧室里竟丝毫没有动静。男人便使劲踢那防盗门,可无济于事。一怒之下,找来人将那防盗门毁了。门被打开后,男人又吃了一惊:女人躺在一堆钞票中,毫无知觉,一条蛇在她身上盘动……

男人细看时,两眼便直了——

那不是一条蛇,是一只手!

就那一只手还活着。

# 补偿

男人留下的,是只浑身雪白的猫。

男人说是到外面挣大钱去,可一去再也没回来,连个音讯也不给。她就守着这只猫过日子。

这是一只好猫,从不往外跑。她去上班,大门一锁,猫就在院内叫两声,好像在为她送行。

下了班,她先到市场上买些小鱼、羊肝什么的。一开院门,先"猫咪、猫咪"地唤。那猫如一个白色幽灵突然出现在脚下,"喵呜喵呜"地叫,躬起身子,尾巴像旗杆似的扬起,转着圈儿蹭她的腿。

她从不让猫上大床——大床上一直摆着两个枕头。一见猫上床,她就喊打。吓唬几次,那小东西学乖了,都是趁她不在屋里时上床,留些爪印和衰毛在枕头上。她临睡前发现了"证据",便将那猫提溜过来,一根根地捏起粘在枕套上的乱毛让它看。猫似被吊着,样子很怪,一声长似一声地叫着讨饶,露出尖利的细牙,她腾出一只手照猫脸上轻打几下,说,看你能记住不?

打了猫,她也很心疼,给它弄点吃的算作补偿。

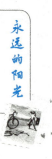

夜里躺在床上，她辗转难眠，心里好似有什么东西煎着。睡不着，就唤猫。猫蹲在床前，两眼虎灵灵地盯着她。她就和它说话，说的都是一个女人对男人说的话。说着说着便睡着了。梦中常梦见男人回来了，还带回来一个女的……

那个夜晚，她在睡梦中被惊醒——屋里有什么响动。起先她吓了一跳，恐是贼人进了屋。再一细听，方知是猫抓玻璃的声音——屋外，也有一只猫，是一只叫春的母猫。

她下了床，看见自家的猫在客厅的窗台上来回走动，想找个出去的地方。隔着玻璃，那只母猫突突地跳。淡淡的月光下，她看清那是只花猫。

去，去！她喊，想撵走那花猫，可两只猫都没离开的意思。她开了门，那花猫便蹿上墙头，回过头还是叫，悲悲怆怆的，似小孩哭。只觉脚下一道白光一闪，小东西也上了墙。

猫咪，猫咪，回来！她唤。可那对影子一前一后很快消失在月色中。

这一夜她没睡好。

过了一日小东西才回来，弄得身上的毛都变灰了。她逮住它，用绳儿一拴，用小勺敲它的嘴巴子，边敲边骂，上哪儿野去了，弄得一身臭骚！

猫被折腾得乱蹦，哇哇地叫。

给猫洗了澡，她抱着它去兽医院将它阉了。

从医院回来后，猫呆呆地卧着，给什么也不吃。过了两日，眼看着猫不行了，她就抱它上床，一遍一遍抚摸它，说，你可不能再跑了……你可不能再跑了……

说这话时，她心里生出一种莫名其妙的快感。

猫终于未能跑，它跑不动了。

猫死后不久，当地一个法庭在报纸上登了一则公告。那公告是说一个当事人已向本法庭起诉离婚，限男方两个月之内到庭应诉，否则将缺席判决……

# 神儿

我有儿啦,我有儿啦!他神经质似的喊,声音漫了一街。

那一年他五十出头。

在这个偏远的小镇,他算个精明鬼,脑瓜子好使,嘴巴又会呱呱。十多年前就扔下责任田,南里北里跑,腰里渐渐鼓了,盖起了小洋楼,家里人穿得也光鲜起来。到后来,他瞅准了当地盛产白蜡条这一点,索性办起了条编公司,将附近的白蜡条都收购上来,让人编成筐篓等,再卖到外省,换回一把把票子。两年光景,他成了本地一带知名人物,都叫他"白蜡王",奖状、奖杯、锦旗什么的不断挤进他家。

他这人,好酒。趁他酒酣之际,几句好话往他耳朵里一送,成沓的票子就会甩出来。

两个已出嫁的闺女见他常醉,劝他少饮,他一听就恼,你知道啥!

他说这话时,眼里闪出点点泪花。

那一晚,满脸皱纹的妻悄声告诉他,俺是不是又怀了,身上不对劲儿……

他半喜半疑,天亮将妻带到县医院检查,果真又"坐瓜"了。

回来,他让妻在屋里好养,不见人。跑到县里偷偷让人算了一卦,暗喜。

几个月后,儿子果真和他照面了。

知道他添了个儿,都来贺喜。礼物堆了半间屋,欢宴数日。背地里,他

烧了几炷香,对着香火在心里说,老天爷,您真有眼!

遂给孩子起名"神儿"。

孩子长到三四岁,常跟他坐着那辆破吉普外出。谁见了都夸,这孩子真精,可仿你!

真的? 他问,不等人答,唇角已被笑意掀得一翘一翘的。

神儿很壮实,看人怔怔地,眼珠子一动不动,就会嘿嘿地笑,说话半语。对冒出乱毛的鼻孔特感兴趣,谁抱他,他就会把手指头准确无误地捅进"黑窟窿",让人鼻酸泪流……

"白蜡王"发现儿子的这一怪癖之后,有意逗他,让其进攻自己的"目标"。每捅一下,"白蜡王"的半拉脸就抽搐一下。只半天,鼻子就红肿起来。

"谁说神儿憨? 不憨嘛!""白蜡王"高兴地对人说,声音好似瓮里闷出的。

院子里干活的都敬着神儿,只是不敢将鼻子对着他。神儿就在人堆里厮混,用白蜡条抽这个一下,捣那个一下。他笑,"白蜡王"也笑。

春上,"白蜡王"觉得鼻腔剧痛,滴下血来。到大医院一检查,已到了癌症晚期。两个闺女和女婿都去守护他。见床前少了一个人,"白蜡王"就拿眼乱瞅。

"神儿呢?"

闺女只得如实相告:"俺弟没来。"

"白蜡王"半张嘴喘了一阵,余光瞄着女儿女婿。

"神儿傻吗?"

床前的声音都说不傻。病人脸上就透出笑来。

昏迷中他常念神儿。醒来就嚷嚷,我想神儿,我想神儿……

看他快不行了,家里人就把神儿带来。

他一见神儿,眼里跳出一道光,直直地盯着,瘦如枯柴的手艰难地向枕头下摸去。

神儿愣看了父亲一眼,忽然爬到他身上,乐得大叫。不知从哪抽出半根筷子长的白蜡条,照准病人的鼻子猛戳进去,只听得一声长号,血蛇就从鼻孔里蹿了出来……

当晚,"白蜡王"离世。咽下最后一口气时,神儿正在一旁"嘿嘿"嬉笑。

他去后,家里人在他的枕头下发现一份遗嘱。

遗嘱写明,家产全归神儿。

# 秀儿

秀儿已经停学两年了,在家帮爹娘喂牛喂猪、做饭洗衣,粗活细活都干。眼看着家境亮堂了,她又向娘提出上学的事儿。

娘说:"闺女家上那么高的学干啥,让你弟弟上好就行……"

秀儿不再吱声了。不过她很爱看书看报,瞅见一张旧报纸或弟弟带回来的破书什么的,她非得逐字逐句看完不可。娘见了,心疼地说:"可惜了你这块上学的料儿!"

秀儿十九了,媒婆上门要给秀儿提亲。娘不敢当这个家,得问秀儿。秀儿吭也没吭一声。

秀儿有自己的心思。她背着爹娘,在弟弟丢下的作业本上写起了文章。有写自己的,有写爹娘的,还有写别人的。写好了,工工整整抄一遍。糊个信封,装上,跑到镇邮政所寄出去。

从此,她有了盼头,天天想她写的东西登上了报纸,就像有一根无形的

蜡烛照亮了她的生命。有空儿,她就去庄东的大路等乡邮员。去时,都是有借口的,比如割草、看青等。她眼尖,老远就可以认出"绿色使者",便迎上去问有没有她的信。乡邮员只当她外面的有了想念,眯着眼逗她:"信正在路上走着哩……"

有时等一上午也不见乡邮员的影儿,她心里便燥燥的,像失了魂,回去饭也咽不下去。

时间长了,秀儿瘦了半圈,脸色枯黄。娘起初不在意,留心一看,觉得不对劲:秀儿的上身细了,下身却粗了起来。

夜里,等爹和弟弟睡了,娘悄悄来到秀儿的屋里,低声问她:"秀儿,你可敢跟娘说实话?"

秀儿笑笑:"娘,你的闺女你还不信吗?"

娘叹了口气:"秀儿,咱上辈子可没做过丢人的事,有啥事你可别瞒着娘……"

秀儿还是笑:"有啥可瞒的……"

娘唬下脸,直盯着秀儿的腹部:"几个月了?"

秀儿不知道问的啥,答不上来。娘只当秀儿耍她,恼了,喊起睡着的男人,将秀儿捆了起来,逼秀儿说出"野种"是谁的。秀儿只是哭,不说话。娘就死命地抽打她的腹部……

到天明,秀儿的下身已是血淋淋的。娘见事不好,叫人用车子拉秀儿到县医院。医生诊断后说,肚子里长瘤子,必须马上做手术。

秀儿被推进手术室,腹腔一打开,满肚子血污,无法实施手术,只得重新缝合。

娘知道后,直打自己的脸,哭天抢地。秀儿却很安静,默默地瞪着天花板。过了半晌,眼看着秀儿不行了,鼻孔里只剩下一丝游气。她像还有什么事不甘心,轻轻念叨着。娘伏在她脸上,听见她说:"有我的信吗,有我的信吗……"

生命之光终于在秀儿眼仁里渐渐暗淡、消失……

秀儿死后,按规矩不能埋入祖坟的。娘说,埋在东地大路旁吧,那是秀儿最喜欢的地方……

秀儿入土后,娘经常到她的坟上哭,把她写的东西作为纸钱烧掉。碰到乡邮员,娘总要呆痴痴地问:"有俺秀儿的信没?"


# 假身

在那张画历还没出来之前,谁也不知道她——当时,她是一个卖水果的"个体摊贩"。

那个初冬的早晨,她刚把摊子摆好,就觉得周围的目光有点异样……有人跑过来对她说:"快去看看吧,书店卖的画历上有个明星可像你哩……"

"别诓我,我的梨可不是好吃的……"

她叫那人替她照看着摊子,拔脚朝书店跑去。

一进书店,她的目光就被柜台上的一张画历死死焊住。那上面分明是自己的放大照!

她激动不已,一甩手买了二十张。

第二天,她的衣着发型全变了样儿,与画历上的全然无异。她在街上一出现,就将一束束视线拢聚到自己身上……从这天起,她的生意格外的好。几乎所有的同龄人都知道十字街头有一个"明星水果摊……"

不久,她被当地唯一的一家时装店招聘为时装模特儿。

翌年春,画历上的那位明星随一个"艺术表演团"来本地做"短暂停

留演出"。她看到海报后兴奋万分,托人高价弄了一张首场票。

晚上,她早早就进场了,可直到终场前,她才见到那位明星出来亮相。明星在台上扭扭捏捏地唱了几支流行歌曲便谢幕了,留下一片刺耳的嘘声。

"连五毛也不值……"

"退票退票……"

人们像被愚弄了似的恼怒。突然,有人发现了坐在前排的她。于是,一张张废票像蝗虫似的向她袭去……

这天夜里回到家,她竟发起了高烧。

病好了以后,她依旧上街卖水果——时装店已将她解聘。她尽力打扮得不像那位明星,可这也挡不住有人能认出她:"哼,假明星……"

时间不长,大家都说她脑子有毛病,因为她不管遇见谁,总是这样问——

"你看,我还像我吧?"

# 哭灵

试试去吧,不就是哭他几声吗? 还能练练嗓子……在家闲着,谁给你一分?

秀就去了——是坐小车去的。

到了现场,一下车,有人便给她披上孝衣,好像给她套上了戏服。秀的身上就起了鸡皮疙瘩。进了灵棚,两排白帽在腿边晃动——跪棚的孝子在有气无力地哭;串串白花在风中飘摇,摇出吓人的微响……

眼前什么也没有了,只有一片白。秀真的想哭,喉咙抽搐几下,一声凄厉从口里拔出——

我那不该走的……啊……啊……

这一声长哭,音润腔圆,带千般悲切、携万种哀情。那拖长的"啊"字在人耳朵里趸了几圈,便结了个硬茧儿,再不出来……

就她哭得真……

那当然——她是咱县剧团的名角儿嘛……

待封了土,秀得到一个封包,打开一验整二百。秀的眼里便跳出一点亮,从心底感激那个让她"试试"的邻居——这比唱一出戏钱来得快。

有了第一次,跟着就有了第二次、第三次……秀哭灵哭红了大半个县,都说她哭得有味儿。上门请她的多了,价钱也涨上去了,还得预约。秀闲不住,一天哭一场或两场,视对方的身份定价。都是车接车送的,出出进进甚为风光。

哭得次数多了,秀的"哭艺"也长进了,关节口上一披散头发,眼上抹拉些眼药水什么的,声带一张,带起一片哭号。主家如许的筹码高,她会一跃跳进墓坑里,两手扑棺,哭得满身是土一脸泪,把个现场气氛推向高潮。

接了主家的钱,秀也不点,随便往口袋里一塞,脱下的孝衣掖进蛇皮袋里——这里的风俗是谁穿的孝衣谁带走——上了车,掏出梳子粉盒,梳理打扮,一会儿工夫就变成另一个人,还是那般漂亮。

那个宜人的春夜,秀整理房间,将孝衣一件件拿起,拆成布料,码齐。一查,三百多件。心里"咯噔"一下,就觉得有什么东西一点一点从骨子里滴落下来,融进这堆白布里。是什么呢? 秀怎么找也找不着……

她怔着,就感到害怕。

这一夜她做了许多噩梦。

没几天,剧团派人请她回去,说这一年多你哭穴哭得差不多了,还是归队吧,下乡演好戏去……

秀正想回去,便应了。

只上了几天班,秀蔫蔫地找到了头儿,还没开口,泪就出来了。

头儿问,又怎么啦——谁欺负你了咋的?

秀摇摇头。

好好排练,任务紧呢……

秀绷紧的嘴唇乱抖,抖不严了,冒出一声哭腔——

我什么也练不成了,只会哭……

外面,一队送灵的走过。

# 走不出套口桥

你没有去过套口吧? 那里有一句俗语:谁也走不出套口桥。意思是指那儿的野味儿诱人,进去你不尝尝鲜就走不出来。特别是野生鱼虾尤为可口,用的是老河里的水,烧的是地锅,原汁原味儿——你要是没有吃过套口的鱼虾,那可是太亏了!

套口桥,地图上根本没有这地名,它只是老河道上的一个临时居民点,约有二十户渔民和养殖户,住在用竹竿草席搭建起的窝棚里。这地方是片老河滩,也是淮河支流的一个分洪区。居民点与外界连接的唯一通道是一道二米多宽、三十多米长的土埂,中间水口用两块水泥楼板搭起,便成了一座桥——当地人就叫它套口桥——那好像是个分界线,过了桥,就算是到了真正的套口。

　　套口的野味远近闻名,堪称一绝,走进去就算是被套住了,不腥腥嘴巴你就不会拔出腿。更绝的是有一个瞎子能下河逮鱼。那瞎子在这居民区是年龄最大的,单身,今年六十出头了,身条看上去像是淬了多少次火,透出钢板的底色,根根肋骨像是打进混凝土中的硬料。夏季,来客不论是上面的领导,还是游人,一概点他的菜——就是说,要吃他逮的鱼。

　　他一入水,岸上的人都不吱声了,就见水面上一点浪花都没有。有人就担心起来,小声嚷嚷。人们的眼光只盯在某一处水面,没想到他不知何时已从另一处水面钻出来,手里还举着一条尾巴乱甩的鲤鱼。

　　人们欢呼起来,不由得向他靠近,将他的拐棍递上去。他一手捏紧了鱼,一手执拐点路。他走,人们也跟着走,他拐弯,人们也拐弯。到了窝棚之间的那块空地,拐杖碰到一块血痕斑斑的厚木板,他便丢下拐棍,抓起那把有点锈迹的菜刀,习惯性地摸摸刀背、刀刃,嘴里呼呼有声,然后将鱼往木板上猛一摔,左手按住底下的活物,菜刀就来回在鱼肚上蹭。只听刺刺啦啦一阵脆响,鱼鳞金片似的脱落下来。再将鱼翻个个儿,刺刺啦啦又是几下,剖肚去肠,几碗水哗哗一冲,成了。

　　他做这些时,头像木雕一般动也不动,就像一个机器人在按程序做一件工业品。旁边有人嫌不过瘾,说再弄一条看看,他就把头转过来,将两只空眼对着发话的方向,就没有人再吭声了。

　　今年还未入夏,大雨一场连一场,水线蚯蚓似的往上爬。与往年不同,这汛期不但来得早,还来得及。通报说上游水库的水位已经超过警戒线。那天深夜两点,上边来了紧急电话,说是三小时以后分洪,以保证那条铁路大动脉的安全,通知各村立刻按预案转移群众。

　　发大水了,快走啊!通知一下去,各个村像是开了锅。大雨中,影影绰绰都是密麻麻的黑影,猪号牛叫的。

　　套口那地方没有电话,乡里派我去通知。长这么大我还真没有见过如此大的水,只觉得腿肚子有一股股凉气往上蹿。等我蹚着泥水冒着雨赶到

社会百态 第二辑

那地方,认不出哪是堤,哪是沟,眼前是一片乌亮亮的汪洋,黑压压的乌云几乎与大浪相吻,空气中弥漫着腥臭味儿,哪有什么人影儿?

我扯响喉咙喊,有人吗,有人吗?

这时,手机响了。打开贴耳一听,里面有一个熟悉的声音焦急地催问,人出来没有?!我说,还没有看见有谁出来。手机里的声音变得严厉起来,无论如何,你得想办法把人找到——弄不出来,拿你是问!

我真急了,试想如果找不到这些人,我可怎么向上面交代,我这个乡干部还有什么脸面见父老乡亲?心里虽说是这么想的,可脑子却蒙了,什么好办法也想不出,急得我直想跳河。恍惚中,一个影子幽灵似的从水中浮现,且渐渐变大,就像是从一扇打开的门走出。我以为这是幻觉,大着胆问一句,你是谁?

那人没言声,蹚着水走近了,还拄着一根拐棍——老天,是那个瞎子!

他站在我面前,深陷的眼窝扑塌扑塌往外挤水。

你是咋走出来的?

他顿顿拐棍,说,我是一条鱼,鱼的眼睛啥时闭住过?

那些人呢?我问道。他说,你没看到吗?我说没有。说完这话,我忽然感觉到周围有了什么变化,是一种只有人身上才能有的温度和气味儿在聚拢——真不敢相信,他们就在我的身边,甚至还有一条不住甩着身子的小狗。

齐了吗?我问,声音好像是另一个人的。

齐啦,齐啦,一个不落!

那一刻,我的腿一软不知怎么就跪下了——是抓住那根拐棍跪下的。

我至今闹不明白的是,当时我喊他们时他们在哪儿?事后我曾问过瞎子,瞎子只是瘪着嘴笑。再问,他说,我是一条鱼,你们当然只看见鱼了……

这句话让我害怕了好几天。现在尽管水已经退了,我还是不敢去套口——不是不敢去,而是怕进去出不来——那里好像有一扇门,一扇无法看见的门。

第三辑

# 玫瑰丛中

　　有人瞅见,一条银蛇从老槐树顶上蹿起,与半空中的闪电咬住,随着"咔嚓"一声炸响,老槐树刺啦啦被劈成两半,呼隆隆倒下一壁。风雨中,留郎的笑声敲震着庄里人的耳鼓:哈哈哈,哈哈哈……

# 夺魂树

　　曹姥爷蹲靠在他那口漆得黑亮的棺材旁,用仅有的几颗黄牙咬紧旱烟袋,吧嗒吧嗒地抽吸一尺以外的烟火。烟锅里的火亮儿一闪一闪映照着他树疙瘩似的脸。

　　知道做棺材啥料好? 当然是槐木——见过棺材粗的槐树没? 俺见过……

　　曹姥爷说,那棵老槐是清咸丰年间栽的,老黄河堤上就这一棵啰……

　　无人知晓它是谁栽的,它就在这满是黄沙的故堤上慢慢长起。赶到民国初年,它已是干粗枝壮,巨伞般地撑于天地之间。过往行人走到树下必驻足歇汗。坐在裸露的树根上仰望稠枝茂叶,清凉之气通身贯体。

　　这里压着三省地界儿,便有一小庄悄然诞生于堤下——先是外省的几个卖艺者搭庵小住,于是茅屋瓦舍衍起。四方流民歇息之后,瞅着下边是个好去处,便投庄落户。这庄儿有一个很怪的名儿——自留庄。

　　自留庄的后生早早就练武,这老槐树下的三分阴凉地就是他们的习武场。秋后冬闲,这里就摆上擂台,轮番叫阵,哄然之声遥响半里之外,招惹得邻村外省的高手都到这里一试身手——自留庄由此扬名三省。

　　曹姥爷说,庄里面留郎当为第一擂主……

　　民国九年,庄里人在老槐树下捡到一男婴。这男婴被锦缎所裹,身缠一白带,上书几个字。庄里识文断字的不多,又看那些字洋不洋汉不汉的,只认得一个"郎",便叫他"留郎"。

留郎落身在自留庄,这个来瞧,那个来看,都道是老天送来的。正奶着孩子的小媳妇便解开怀让其饱吮一顿。留郎头发稀,眼睛倒有神,双手紧捧丰乳,吮一阵便丢下奶头,愣愣地仰看,眼仁里亮亮地涌动着一丝丝泪花……

到了五六岁,庄里人便教他习武练功。打着、吵着、摔着,竟十分长进。十八九岁,留郎便在老槐树下摆擂。可怪,他在这摆擂没栽过,横竖都能赢。有他这杆旗立着,自留庄平添了几分豪气。

那日天刚亮,一队鬼子突然包围了自留庄。全庄的人都被赶到老槐树下。

鬼子头是个胖少佐,颇有几分学者风度。他骑在高头大马上,挎着指挥刀,双目被血色晨光染成猩红。目光老是在年轻人脸上扫来扫去,好像要考究出什么。

少佐的侧后是个"二鬼子"。

看着阳光里浮起一片人头,少佐的嘴角泛起野猫似的微笑。他下了马,将指挥刀戳在地上,戴白手套的右手轻轻在半空中文雅地一挥,"二鬼子"便泥鳅似的滑到前面。"二鬼子"发话了,他说是皇军知道自留庄人会武功,今个儿专来领教。

少佐一摆手,四个武士装束的鬼子兵昂头挺胸地站到了场子当中。一式的模样,都将两臂叉于胸前。

你们谁出场?"二鬼子"对着人群喊。庄里人看着,无人应。

"二鬼子"又吼了一遍,人群里便有了骚动。

留郎从人群里出来了。

那日,他刚剃过头,样子很憨。阳光在头顶上遛遛的亮。

再出来几个!"二鬼子"对着人群喊。

俺一个就中了。留郎说,拿眼瞅瞅那胖少佐。两人的目光撞作一堆儿,少佐扶指挥刀的双手便颤了一颤。

是文打还是武斗?留郎冷着脸问。

少佐说来文的，不用刀枪，留郎就从鼻孔里哼出一声冷笑。

留郎脱下汗渍渍的粗布褂儿丢在身后，将裤带煞了又煞，身上的肌肉便鼓暴成树疙瘩。好了，他说。

少佐打了一个手势，搏杀就在万仞阳光中开场了。

那边是一个一个上的，留郎不慌，避实就虚，一阵拳脚便撂翻一个。打倒一个，便呵呵笑几声，形如往常。笑到最后一个，他的声音特别大，庄里人都替他害怕：留郎恐是疯了。

鬼子羞怒了，将留郎绑在老槐树上。那些被击倒的武士便跌跌撞撞地爬起来，朝留郎身上乱击。留郎早运足了气，竟不伤筋骨。

少佐的目光冻住了似的透出吓人的寒气。"二鬼子"贴着少佐的耳朵嘀咕了几句，少佐嘴角便翘起一丝冷笑。

留郎又被双手合抱地捆在槐树上。脸贴树干，眼光撒向堤下的原野……

"二鬼子"上前搔留郎的胳肢窝。笑啊，笑啊！

留郎忍不住，放声大笑。哈哈哈，哈哈哈……

这一笑，人们身上都起了鸡皮疙瘩。

少佐阴着脸，将指挥刀交于手下，拽下手套，在留郎背后细细地看。他"嘿"地叫了一声，猛地朝留郎宽厚的脊背上击了掌，一股鲜血便从留郎的嘴里直喷出来，顺着粗皱的树纹往下淌。再一掌，又一股……

鬼子走后，庄里人上前去解留郎。绳子全脱了，留郎还是紧紧地拥着老槐树不动，罩血的眼珠子怔怔地瞪着。几个人扒不动他，一瞧，手指头像抓钩似的深插进树皮里。

曹姥爷说，留郎死得惨，精魂不散……

当天夜里，黑云盖顶，惊雷吼鸣。闪电一道接着一道，将天空撕碎了再撕。有人瞅见，一条银蛇从老槐树顶上蹿起，与半空中的闪电咬住，随着"咔嚓"一声炸响，老槐树刺啦啦被劈成两半，呼隆隆倒下一壁。风雨中，留郎的笑声敲震着庄里人的耳鼓：哈哈哈，哈哈哈……

留郎的笑声钻进了人们的脑髓，搅得自留庄不得安宁。有人说，留郎的魂儿被老槐树夺去了,不刨掉它,全庄都会疯!

一说刨树,锛、锨、镢都上了故堤。只几袋烟工夫,老槐树的根全被斩断。明明是刨透了,却不倒,用绳子拉也拉不动。

几个上了年纪的就跪下了:"留郎,留郎,你走吧……"

就见老槐树颤了一下,发出断裂的声音。又颤了一下,吓人的断裂声更紧了,细听起来倒像留郎的笑声……

树是倒了,可几股粗大枝干就像手指似的撑着。

夜间,再也听不到留郎的笑声。老槐树被肢解,做了两副好棺。

翌年春,一场春雨之后,树坑里长出一圈圈毛蓬蓬的嫩芽。有人听见,留郎的笑声又在这嫩芽丛中复生,只是很细很细……

曹姥爷睡着了。

# 金钥匙

二麻爷先前是生产队的保管员。

他的腿不好使,膝盖以下肌肉萎缩,小腿似皮包的两根杈杆。走起路来大腿带小腿,一踮一跳的。脚踏在地上就像板子拍上去一般。夜里听见门口有嗵嗵的响声,就知道是他——他不闲,满庄都飘着他的脚步声。

那时他管着队里的仓库,腰间整天拴着一嘟噜钥匙,足有十五把,铜的、铁的、铝的都有。走得急了,那些小玩意儿便跳撞起来,奏出一种极悦耳的

声音——他喜欢听这声音。

后来,那些锁用不着了,他就把它们码在床底下。而腰间的这串钥匙却不摘下,只是换了一根更结实的尼龙绳,没事的时候,他就到仓库附近转悠——那些仓库都换了用场,前后又添了些新房——他的目光就在其间抹来抹去,久久不能拔开。眼睛看着,手指头便狠劲搓摸着腰间那一把把钥匙,直搓得汗亮……

庄里人都知他闲不住,有个红白喜事必请他当"总管"。他账头子好,又会理事,铺摆得滴水不漏。事完后,主家总是千言万语地谢他。他怪,谁要是拿烟酒酬他,他就恼,脸膛子一黑,扭身便走,且走得急慌,使身上的钥匙碰出一串响儿。他就在这响声里挺高了许多……

腊月里,庄里首号富裕户娶儿媳妇,自然请他去管账、理事,这好像对他是一种尊敬——那富裕户是仓库现在的主人——他就去了,去得很早,事事都问得细。依他的主意,"账房"就设在老仓库一间最好的偏房里。送来的贺礼由他逐笔登记,一样一样摆放好,俨如货物入库。

那日他特别高兴,在老仓库里来回串了几遍,屋顶、旮旯都细细地看了够。身上热了,便解开黑棉袄,袒露出瘦骨嶙峋的胸脯。不时托起钥匙串儿,一攥一松,哗哗啦啦的声音便灌进他的耳郭。听见外面鞭炮一挂一挂地响,他也像小孩似的围上去看。见地下红红黄黄的纸屑中还有没响的,他就去拾——就像见到撒在地上的粮食粒一样。没料到他刚抓到一个"大雷子","砰"的一声响,掀起一块皮,立时见红。他将滴血的指头提到脸前抖着,边吹边笑:"好响,好响!"

喜宴过后,天已傍黑。主人留他喝酒,以表谢意。他从不喝酒,这一回却一杯一杯倒进腔里,也不搭话。临走,主人摸出一个厚实的"红包"送他。他一见,微红的眼睛里射出两把光锥,深深地刺进对方的双目,使那人身子一紧。趁主人愣着,他拔腿外走,脚步迈得极快、极有力……

走出大院,他蓦地站住了——他没听见那响声!

他觉得身子猛然矮了下去,两手便在身上乱掏乱摸:钥匙、钥匙!

他回身往老仓库那儿奔，疯了似的喊："谁见了俺的钥匙，俺的钥匙……"

这一夜，庄里人都没睡安生——二麻爷的声音响了半宿。

# 盖爷

盖爷生在这黄河故道的小村子里，一辈子打坷垃、戳牛腚，庄稼活上是一把好手。他走的路可以绕村子两万圈，可最远只走到过县城——而且只去过三次，其中一次还走迷失了——家里人找他时，他正在一家电器商店痴看一排十几个正在播放节目的彩电……嘴半张着，眼珠子吊着，仿佛连空气都很有味儿……

从县城回来，盖爷的话头子竟稠了，一年间说的话好像比前几十年加起来还要多。

"你说说，人咋这么能哩，小玻璃盒里啥都有，还带颜色……"

说着这些话，村里就有了电视机。那是一个后生买的。那后生刚娶了媳妇，住在庄后三间漂亮的瓦房里，一到夜里，庄里的人都往那儿挤，比看大戏还躁。

头几夜，盖爷忍着没去。后来憋不住了，悄悄去了。先是在人家院门外来回遛了两趟。院门大敞着，院子里黑压压的一片人头。他加劲儿咳了两声，不见回音儿，心里便沉沉地有什么往下落……

嘿，人家不请，咱就闯他一回吧！

心一硬,身子便高了许多,两腿就甩了进去。

都在看电视,并没有人让他座儿,两腿就不知往哪儿搁了。看那后生,后脑勺都在笑……

这孬种!

恍恍惚惚过了一个时辰,睁大眼一看,人都往外走。那后生慌着收拾电视机往屋里搬,连瞧也不瞧他一眼。

"吭儿!"他用鼻子喷出一声响来,那后生发现了他。

"盖爷,您还没走?屋里坐吧……"

"演毕了?"

"毕了……"

"你这机子咋不带颜色?"

"买的就是这种黑白机子。"后生走近他,"盖爷,您要买就买那带颜色的……"

本是一句玩话,盖爷却被噎住了,下又下不去,吐又吐不出,滚作一个疙瘩,一赌气竟上不来,腿一软,倒了……

来吊丧的很多。家里人知道盖爷的心思,特意请人扎了一个彩电,摆在棺前,那棺还没封,盖爷躺在里面一脸霜气……

半夜里,跪孝的都熬不住困,卧地而睡。棺材里就有了动静。一只枯枝似的手先从棺里伸出来,扒住棺沿,接着是盖爷的半张脸……

孝子们被惊醒了,爬将起来去抬棺盖。盖爷抬着头,两眼愣愣地盯着那"彩电",忽儿冒出一句:"咋没影没声儿?"

见盖爷复生,家里人大喜,扶他床上安顿。撤棺,去幡。盖爷就拿眼乱瞅。家里人问他,他诺诺而言,能听见的就几个字:"要带色的……"

天大亮,家里人慌去找彩电。还是庄后那后生有门道,去外边借了一台。家里人将彩电安放在盖爷床前,谎说是买的。盖爷丢了那后生一眼,脸上就漾起笑来……

中午,家里人做了碗加糖荷包蛋端到盖爷面前。叫几声,盖爷都不动,两眼圆溜溜地直对着彩电。再叫，还是不动，一摸，已经硬了……

下葬那天，一台彩电在新坟前烧了——那是一台用秫秸、花纸扎的大彩电。

# 狗才

蝴蝶庄要数谁最孬，那就是狗才了。

狗才没娘，爹又管不住他。他戳羊屁股打狗腿，墙旮旯里窝跟头，啥花样都玩尽了。到了十六七岁，他朦朦胧胧知道了男女之间的那种事，便对听新房上了瘾。他曾伏在人家的大床下数小时，等夜里床上有了动作时，他猛然拱出，一掀被窝，将一对新人赤条条地尽收眼底……

女人骂他，男人也骂他，爹骂他"是个孬种"。

那年麦子歉收，夏粮屡征不齐。乡长、派出所所长下来也无济于事。末了，只得把狗才叫去。

"你能有法儿把公粮催上来，奖五十。"

"中，我包了！"

狗才进庄就吆喝："都交公粮，谁要是不交，夜里我到他家去睡！"

只一天工夫，公粮就齐了。

收完公粮第二天，狗才也被派出所的带走，据说是犯了流氓罪。村里人都跑出来看，在心里拍着巴掌。

狗才在看守所喝了半年的稀糊糊，出来安分多了。他拉个架子车到各村收骨头卖给县里，竟慢慢地发了。他先给自己盖了五间瓦房，从外地拐来

一个女人当媳妇,而后又给爹盖了两间。

庄里人直眼气:"这家伙鬼!"

春日里,狗才从外面弄起几台机器,垒起灶火,在废弃的小学校里办起了骨胶厂。烟囱一冒烟,大车小车都往这里挤,村里人有了看热闹的地场。

狗才要招庄里困难户人家的孩子进厂,村长、支书挡住不让:"他是个孬人,咱饿死也不能给他打工!"

狗才只得招外村的。一天,一家小报记者来厂里转悠了一圈,说要给狗才写篇报道。狗才慌忙拦住:"可不敢。你不知道:出了这个地场都是骂我的!"

记者笑了:"改革嘛,还能怕骂?"

狗才好酒好烟招待记者一顿,临走又塞给记者四瓶名酒"意思意思"。

不几天,报纸上果然登出了那篇报道。狗才把报纸剪下夹进镜框里,挂在最显眼的地方。

狗才的名声噪了,县里的、区里的小汽车经常来厂子里跑。狗才也早已换上了西装,大模大样地坐上小汽车去赴宴。

庄里人恨恨地说:"眼下孬人吃香了!"

狗才不理会这些,赚了钱就翻盖小学校的房屋。两年后,这地方有了全庄最好的建筑。

这年腊月三十,村长、支书要狗才请他们喝酒,狗才略沉吟了一下,应了。夜里,鞭炮满村地响。狗才好酒好菜与村长、支书对饮,直到天亮……

有人扒门缝瞅见:狗才给他们跪下了,还磕了头!

这以后,狗才将厂子交了出去,条件是把小学校腾出来让孩子上学……

这以后,村长、支书的孩子很快进了厂……

这以后,狗才在县城买了一幢房子,把媳妇老爹都接了去住……

有一天,还是那家小报记者登门造访,问及除夕夜喝酒磕头之事,狗才正色答道:"我哪是磕头,我是用脑袋亲亲我立脚的地方!"

又问到为甚把厂子交出,狗才戏答:"我不是个人才,也不是个鬼才,只是个狗才!"

# 憨子

野蛤蟆村紧挨着黄河故道,憨子就生在这村里,长在这村里。

憨子的爹娘去世早,是爷把他拉扯大的。其实,他爷也没费多大劲儿,都是村里的女人这个喂他一口奶,那个嚼他一口馍,手底下摸着、捏着,竟长大了。

爷死时,憨子十八。爷什么也没给他留下,就撇下一间小土屋。憨子每到傍黑就拱进这小土屋里歇息——白天,东家喊他拉土,西家叫他脱坯……没事儿,他就在女人堆里混:这样不至于屈肚皮。

村里的女人好逗他:"憨子,学声狗叫给馍吃。"

"汪汪!"他望着对方的脸叫了一声,一块馍就到了手里。

他吃东西时很怪,都是蹲下去,背朝着人,好像怕人家夺他的食儿。

不几年,憨子长成了一个壮小伙子,一身硬肉,就是呆。村里人说:"这木疙瘩只长肉不长心眼儿。"

一个盛夏的夜晚,几个愣小伙把他从小土屋里哄出来:"憨子,想要媳妇不?"

"要。"他提着破了的短裤说。

"好,跟咱走!"

几个人把他弄到老黄河堤上,指指月牙形的河湾嘻嘻地笑:"下去,你媳

妇在水里等你哩！"

憨子头也不扭，一手拽着裤腰，一手拨着丛枝，朝发出"扑腾扑腾"响的地方一拱一拱地下去了。

月儿刚露头，堤坡上的树影黑森森的，借着月光，他看见一层层水圈子里，白生生地晃着几个人影儿。还没挨近，就听见有人大声咳嗽。

这一声暗号，使水里的人都矮了下去，只露几个黑乎乎的头浮在水面。

"是憨子！"一个女人高兴地尖叫起来。另一个马上起哄："拉他下来！"

在一片笑声中，憨子被人掐住脖颈按进水里，喝了足有大半碗。从水里抬起头，他瞧见对面就是那个嚷"下来"的"万元户"媳妇。

这以后，憨子嘴里老是软软地冒出一句："我要媳妇……"

见了那个"万元户"媳妇，他就傻吃吃地笑，跟着那人走，羞得那媳妇脸上的红云没地方藏。"万元户"碰见了也不介意，只是若有所思地打量憨子。

冬日里，从外地回来的"万元户"又带回来一个女人。"万元户"当着众人的面，给了媳妇很多钱，并宣布离婚，理由是："她跟憨子睡过……"

就在这一天，那媳妇走了，憨子不见了。村里人到小土屋里找憨子，只见到一地撕碎的钱。

过了两日，有人在庄后的机井里发现了两具尸体：憨子在上，那媳妇在下。

村里的人猜测：一定是那女人先跳下去，憨子见了想救她，也跳了下去。不过，憨子也值，要不脸上怎么是蛮高兴的样子？

憨子死时二十三岁。

# 精种

那时,老河里有许多鳖,是野生的。村里人没有吃鳖的习惯。老人们说,鳖是神物,伤它要遭罪的。

所谓老河,指的是村北的一段黄河故道。因筑坝拦成了水库,碧水长年不断,当地人就叫它老河。

谷雨过后,沙滩上、水洼上就有鳖们的身影出没。小孩们逮住了鳖,将其掀翻,看它朝天张晃着短粗的四爪乱舞,拍掌而笑。鳖被戳恼了,一口咬住枝条死不丢,头和脖子都被拽出来,有极好的弹性。谁也不晓得这玩意就是钱。

村里最早知道这鳖能换钱的是棍棍儿。那一回他提着一只鳖往家走,一个骑摩托车的迎头拦住他,眼光直扎在鳖盖上问,搁哪儿逮的这物件子?

棍棍儿眯细了眼看那人。你是问它还是问俺?

那人愣了一下,慌将眼光摆平。问你哩——问它它会开口吗?

它一开口,你就问不成了。棍棍儿说。

我不和你缠嘴——这东西给我吧?

你要它咋?

家里有病人,当药引子——不白要,给钱!

棍棍儿看看鳖,又瞧瞧那人,手就扬了过去——手下吊着那只秤盘大

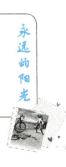

小的活物——当那人伸出一只手,棍棍儿的胳膊猛一低,让那只手抓了个空……

好,好,给你!

一张十元的票子拍在棍棍的肩上,棍棍儿便觉得那份重量被夺了去。

那人说出城里的住址。再逮住这玩意儿,送我那儿去……

攥住这十元钱,棍棍儿心里好像落下了颗种子,那种子迅速膨胀,拱出一丛嫩芽来,撩拨得他有些躁——在村里,和他同岁数的都精不过他,都说他在娘肚子里眼皮就张开了,是个精种。

有了这嫩芽,棍棍儿的心思就往鳖身上长,整天价背着个篓子去河里转。逮住了鳖,无论大小、几只,赶紧往城里送。

那人的院子里有个池子,还镶了瓷片。过了秤,那人就将这些灵物倒进池子,然后点钱。点钱的时候,那人板着的脸犹如一块裂了纹的龟片。

给得太少了吧? 每次点完钱,棍棍儿都要追加一句。街上的价儿又涨了哩……

真的吗,兄弟? 那人眯着一只眼斜睨棍棍儿,又慢慢抽出一张票儿。

过了两年,老河里的鳖很少见了——可那人又盖起了一幢小洋楼,也贴了瓷片。进了洋楼,棍棍儿心里的那丛嫩芽就变作一堆荒草。

再精也没精过这龟孙!

那个初夏的早晨,一只鳖爬进了棍棍儿家的小院。那鳖足有十年以上,盖上有那种深褐色的斑纹。棍棍儿发现它时,它正缩在水缸旁一动不动。

棍棍儿还没见过这么大的鳖哩,眼珠儿便被撑得老大。

你,你是谁? 棍棍儿兴奋地问它。你是鳖王吧?

那鳖伸出头来,用壁虎似的眼睛看他,棍棍儿不知怎的就打了个冷战……

将这只鳖送到城里,那人笑得满口灿烂,多给了棍棍儿两张票儿。

从城里回来后不几日,听人说那人死了,是被一只老鳖咬了之后病死的。

棍棍儿当天夜里竟发起高烧。迷迷糊糊中看见那人被鳖提溜着,头朝下,脚朝天。棍棍儿就喊,俺不要,俺不要……

病好后,棍棍儿见了鳖心尖子便乱颤,神经般地喊,俺不要,俺不要……

# 宝腰

很早以前,小县城的人们就知道老何腰间长着个形状很特别的东西。据说,那是个稀罕物件,先天带上的。可老何却最怕人家看他的"秘密",连洗澡也轻易不去,春夏秋冬都护得很严。他愈这样,人家就愈想见识见识,以至于他和人家的关系都有点紧张。

这种状况持续到六十年代末就有所改观。那天,他被喊到一间会议室里,进门就被蒙上了眼睛。

"老何,"他听到一个熟悉的声音说,"今天不想干什么,只想看看你的'处女地'。"

"我没……自留地……"老何在一片哄笑声中结结巴巴申辩道,"没有……"

"那就把衣服解开吧!"

老何怔了一下,马上明白了是怎么回事,红着脸把衣服一层层地解开。解到最里一层,他迟疑了几秒钟……只听得"嘿"的一声长腔,衬衣被猛地扒开,露出腰间那个肉疙瘩。

那人笑了,走近来用手捏捏:"你们瞧呀,像个宝疙瘩哩!"

于是，一双双手像钳子似的都在"宝疙瘩"上捏了捏。等到把他放出来时，那地方竟红肿起来……

自那以后，老何将宝疙瘩开放了，不再遮掩了，谁都可以上去捏一把。他养成了穿薄衣服的习惯，好让那宝贝时时祖露出来，天冷的时候，他一星期跑三趟澡堂。他对那个第一个捏他的人说："也不知怎的，我比过去高了两厘米……"

就这样，老何平安地过了二十年，不仅连大病没有得过，工资还被提升了四级。

不料到了那年夏天，他正在人行道散步，一辆飞驰的摩托将他撞了两个跟斗……他被送进医院，做了一个不大不小的手术，住了十多天。

出院后，他像变了个人：衣服穿得极齐整，而且上衣还是两层，看上去比先前瘦了许多。见了人他的眼光老是躲躲闪闪的……

到了冬天，他不再去澡堂洗澡。这并没有引起人们的注意，倒是他自己在一次喝酒时带着醉意对人说："谁知咋那么巧，偏偏撞烂了那地方……"

说着，竟流下了两串热泪。

# 猪妖

吊儿不知从哪儿弄回一头猪。

那猪是公的，尖耳、长腿，全身通白，无一根杂毛。有事无事，吊儿好领着人来相它。一见人，那猪就兴奋，将红鼻头高高翘起，哼哼唧唧的，黑洞洞的鼻孔有节奏地一张一缩，好像空气里有极好的味道。

这猪架子大着哩，恐怕能长到千把斤……

别阉它，留作种儿，改良改良咱这儿的品种……

吊儿说，这家伙还会说话呢！

别瞎扯，猪哪会说人话？

真的，俺能听出来……

人家就笑他。你说它现在说的啥！

说的啥？说你们来了也不带礼……

去你的吧——都是你个兔羔子瞎编的！

人走后，吊儿挺委屈地向猪诉苦，你看看，他们没有一个相信的……

猪说，你可别对人说实话，那样你会吃亏……

吊儿不再说这事了，一门心思都在猪身上，人吃啥它吃啥。天热了，猪说给我弄个卫生间，吊儿就给它弄一个池子。在浑水里洗罢，猪说给我按摩按摩，吊儿就给它按摩。吊儿用块木板给它刮身子，刮罢这面刮那面。一不小心，刮住了腿旮旯儿的嫩肉，那猪一抬蹄儿，说，你刮疼我了……

猪一天天见长，似气儿吹起来的。邻庄的牵着一头发情的母猪找上门来。吊儿说，这猪还没开壶呢，得多加点钱……

要的就是这头一壶，只要能有本事给坐上胎，生一窝子小猪妖，要多少钱给多少钱……

一见吊儿的猪，那人光吸溜嘴，说，别压毁了俺的猪……

不会的，不会的——咱俩招呼着。

两头猪一照面儿，吊儿的猪并没有那意思，扭头往圈里跑，嘟嘟囔囔地说，又老又丑……

你还讲条件哩！吊儿和那人硬往一块儿赶。赶着打着，那猪从不该上去的地方上去了。只听一声脆响，被压趴下的母猪挨杀似的直嚎……

赶开一看，母猪折了一条后腿，站不起来了。那人就嚷着赔。吊儿说，

那是它俩的事,咋能怨俺?

那人知道吊儿的脾气孬,不再理论,借一辆架子车,拉上不幸的求偶者,一颠一颠地走了。

待那人走后,吊儿就到圈里笑。你可真有本事,能把人家的腿给压断了。

他说,那猪哼哼着,用一只眼瞧他。这时吊儿才明白,他能听懂它的话,而猪根本听不进、也听不懂他的话。

原来你是这么个家伙!

这以后猪越发横长,似头小象。吊儿撑不住了,想卖。收猪的见了,都说这是变种,又没净根儿,肉肯定臊气,不要。

卖不掉,吊儿就动了杀机。那猪似乎感觉到了,两只邪眼直瞪着吊儿,吊儿的心尖子就乱颤。

那个冬日的上午,吊儿邀了庄里的几条壮汉,拿了杠子绳子进院。那猪一见这阵势,撞开了圈门直往外冲,人不敢近前。

吊儿恼了,举起杠子猛力照它的头上夯下。那猪一挺,竟将杠子弹飞,又一拱,吊儿就倒在它的大肚子下,被重重地踏上一蹄……

吊儿醒来时,已躺在乡卫生院的病床上。他的第一句话就是——

给俺弄个卫生间……

# 醉杀

猪,猪!他说。

实际上并没有猪,而是他想象出来的——只因为刚才有人提醒他,老刘,你这条件喂头猪多好?

条件是不错,每日的剩菜还有酒,足够喂一头猪的了。

他是乡政府食堂管事的,相当于司务长。食堂统共有三个人,二十四小时值班。那两个年轻,贪玩,大部分重担落在他身上。他也不想让那两个插手:毛手毛脚,不知节俭。乡里有规定,上面来人,招待一律四菜一汤。逢有贵客,都由他亲自操刀。人走后,盘中剩下的腥沫肉渣他不舍得丢,捏捏沾沾撂嘴里。不成想这点点滴滴的精华,到他肚里竟存留膨胀,使他的腹部像半个圆球似的隆起来。

老刘,逮住公家好吃的好喝的你从不留嘴,这不成猪了?

谁是猪,你才是猪哩!

和你说着玩哩——你省这一点咋?

不是省,是觉得丢了怪可惜……

他惜物,也容不得别人抛撒一点儿。看到有人扔馍倒剩菜,他就说,东西来得不易,你可别丢……

又不是你的钱买的,你心疼个啥?

一句话噎得他直眉瞪眼,干瘪嘴说不出啥。

中,中,你丢吧,狠丢! 他在心里骂,要是早几十年,早饿死你这些龟孙啦!

他平常穿的是灰布衣,衣边袖口油乎乎的,与身边的那些西装革履不成一统,来就餐的乡干部,有的瞅一眼锅里的饭菜,鼻子里哼出一声,明星似的一转身,把个屁股扭到门外,放出一声响来——喂猪好样的!

他似受了污辱,找领导评理。领导说,老刘,别和年轻人一样,他们没经受过困苦……

哟,这一说,经受过困苦的就是人,没经受过困苦的就是猪?

不能这样说,不能这样说……

回到屋里,他仔细想想,竟想开了。就是,管他们咋,领导都不管,我何必哩——犯贱!

他管不了别人,却管住了自己。那一次县里来了几个局委的头头脑脑,乡长破例叫多上几个菜。酒一气喝了六瓶,说是下八碗酸汤面,结果有六碗没动。那些脸红筋儿乱蹦的人侧侧歪歪地走后,他进去收拾摊子,先将菜归到一堆儿,接着喝那剩下的面条。一连喝下去四碗,肚里确实着不了,就到外边溜达,好腾出一点空儿。正溜着,正好被人碰见,见他样子怪怪的,就问,老刘,你又犯啥想了?

还有两碗面条子你喝不?

别开玩笑了!

真的!

又是剩的——剩下就剩下呗……

不中,明个儿就朽透了……

歇过来劲,他终于将那最后两碗酸汤面喝完,撑得一夜没睡安生,天不明已往茅厕里跑了两趟。自那以后,他见了面条便干呕,逢做面条,便令助手掌勺。也就是从那天起,他有了一个响当当的绰号:剩饭刘。

剩饭刘就剩饭刘! 他宽慰自己。这总比腐化张贪污李强!

真的需要一头猪了,起码它能帮大忙。他想。

猪买来了,是头品种猪,公的。好像有缘分,那猪一见他就将长嘴举高,鼻翘儿一撅一撅的,哼出亲昵的声音。

乖儿,饿不着你!

他请人将它阉了,每天人吃啥它吃啥,吹起来般见长。猪吃食儿,他便蹲在一旁看。那伙计胃口好,一顿能将所有的锅底碗底儿一扫而光,早晚的还能喝上被污弃的酒。喝罢酒,还嫌不过瘾,哼哼叽叽地还要。

别不知足,多少人还喝不上哩!

眼看着猪长了起来,年轻人吃饭时凑热闹,随手丢给它或倒给它馒菜什么的。那猪吃得嘴角子往下滴汁儿,口腔里发出噔噔的响声……

老刘,有了它,你可减肥了!

看看自己的腹部,他笑啦,笑得心尖儿颤疼。

到年底,那猪长到五六百斤,似一头小象。乡长说,杀了够过年的了——下水给我留下。

那日杀猪,几个乡干部过来帮忙。手忙脚乱,没人能治住它。那猪一怒,竟将一个年轻人拱倒在地。老刘躲在屋里不忍看,听得猪嚎,坐卧不安。

老刘,老刘,你出来!

他蔫蔫地走出门,仿佛刚被审讯过似的,两眼失神地瞧着那猪。

老刘,你能想想法儿不? 只有你能治住它……

我想啥法儿——它吃好的吃多了,成精了!

想想法儿,想想法儿……

老刘忽地一跺脚,跑回屋拿来半瓶酒。一见酒,那猪就不哼了,摇着尾巴将嘴头凑上来……

谁还有酒,再拿一瓶!

咋,非得拿酒哄它?

你不懂,这叫醉死!

灌罢酒一会儿,那猪四蹄便软了,头一扬,横躺在地。几个人一哄而上,

拿绳子捆紧。一把明晃晃的刀在冬日的阳光下举起……

一股股殷红的血从刀柄处蹿出时,老刘在屋里直打自己的脸。

你是猪,你是猪!

# 爬辈

窝子二十好几了,可在庄里辈分最低,连刚断脐的婴孩都高他一辈。他气,就问爹。爹是个老实疙瘩头,三杠子擂不一声响来。被问得急了,就骂窝子:"你个孬种再有本事,俺总不能倒喊你一声爹!"

窝子确实有本事,骑辆破车满地方串,收酒瓶什么的。后来又倒腾羊皮生意,腰包撑得鼓囊囊的。

在外边,人家都亲热地喊他的大名,兄弟长兄弟短的,递烟倒茶。但一进庄,神气就消了一大半,"窝子、窝子"地灌满两耳朵,他还得倒拿烟散给爷们抽。

"你们又不比我多长一只眼,凭哪条要我尊你们?"窝子心里气,嘴就懒了。见了老少爷们待理不理的,兜里装着好烟也不往外掏。实在避不开要搭话,就直呼其名。庄里人都恼他。

别看窝子长得瘪三溜四的,上门说媒的倒不少,窝子一个也不应。

窝子是有想头的。他打算先盖一座漂亮的小楼,光耀光耀。再一个,像他这样的有钱户,娶来的媳妇至少是"少奶奶"那一辈的,哪能让人家"侄媳妇""孙媳妇"地挂在嘴上？

这后一条，着实成了窝子的心病。这病不去，断然是不能说媳妇的。

窝子开始备料了。成车的石块、水泥板、砖、洋灰拉到他门下。他那老实爹一刻也不离，转着圈儿守着，生怕谁摸去什么。

旧房子刚扒掉，良头爷找上门来。这人年岁不大，四十来岁。辈高，也会事，在庄里是个能使动风的人，连村长都让他半个舵把子。

"窝子，你这房子咋盖？"

"起两层，盖楼。"

"那不中。"良头爷慢声细语地掐住话头，"这不合适……"

"咋不合适了？"

"你想想看，你往楼上一站，啥不看得清清亮亮的？女的往茅子里一蹲，都是应姑应奶奶的，你咋交代？"

"我咋能看那远？"

"怎么不能？你眼力头高着哩，天边子的事情能看清，还差乎这？"

窝子喏喏地问："良头爷，你说咋治？"

"咋治？好治得很：给每家盖一个带顶的茅子……"

窝子哪能喝下这一壶，罢了盖楼的念头，建起"明三暗五"八间平房，样式挺洋，庄里人都来看。

房子盖好之后，窝子掂着烟提着酒，揣着五百元现金推开良头爷家的门，两人盅碰盅地喝到半夜。出来时，窝子侧侧歪歪的，嘴里嘟囔着："我也能应爷……我也能应爷……"

过了两天，窝子把庄里当家的男人都邀来，摆十多桌酒席，一个个请他们坐定。第一杯酒端起后，窝子说：

"大家能到我这儿坐坐，算是看得起我。我要向爷们儿宣布一件事，从今个儿起，我的辈分上升两级……"

席间一片咪咪的笑声。窝子看看良头，涨红了脸。

"别笑，别笑，是这么回事。"良头一本正经地说，"我的辈分只转让给

他一个……"

"这是我和良头爷协商好的。他的辈分转让给我，我的辈分给他，下一步要公证的……"窝子举举酒杯，"好了，大家喝酒！"

都不动，静看良头。

良头眨巴眨巴眼，拍拍正在发愣的窝子爹：

"大侄儿，端酒！"

# 黑棺

小吴庄的人都说福爷有福。

十多年前，福爷得了一场重病，眼看着他绝气，家里人号啕大哭，忙里忙外给他操办后事。出殡那天，有人听见棺材里发出轻微的敲击声，一咋呼，抬棺的都吓跑了。两个胆大的亲戚抖抖索索地移开棺盖，发现身穿寿衣的福爷睁开双眼看天，两只青筋裸露的手慢慢上升，好像要抓住什么……

福爷又活了，福爷又活了！

一喊就引起一片欢呼声。

随着福爷的身子骨一天天硬朗，关于他的传说就多了起来。

"知道不？福爷的眼珠子让阎王爷给擦亮了……你瞧瞧去，那眼珠可吓人哩！"

"也不知道福爷咋走通了阎王爷的门子……嘿，这会儿人连阎王爷都能够着,不得了!"

"啧啧……"

福爷能下床走动时,便有上了年纪的前来探个究竟。

"老福哥,你好福气呀!"

"咋?"

"都风传阎王爷又饶你十五年的寿……"

"瞎诌瞎诌……"

"你是咋回来的准知道呗!"

"咋回来的?我觉得我在一间小黑屋里躺着,这小黑屋一晃悠一晃悠的……尿把我憋急了,我想我不能撒在屋里,就敲门……"

福爷说着,朝当院棚下的那口黑棺瞟了一眼。来人随着福爷的目光瞄去,冷不丁地哆嗦了一下……

过了些日子,福爷令家里人把棺材抬进堂屋东间,又用黑漆油了一遍,看上去亮光光的。

这口棺材是用庄后老黄河堤上的老桐树做的,不算太厚。当初一侧的两块板之间还有一道陷缝,趁油漆用腻子糊平了。

庄里人没事时偏偏爱看这口棺材,就像欣赏一件稀世珍品。福爷也好看,看时他像举行一场圣礼,两手轻轻地抚摸着,微闭着眼睛,那神情宛如进入了天堂——这黑亮亮的几块板给了他不少——碰到不顺心的事儿,他只要摸上一会儿,心里就畅快不少。他恼谁,从不在嘴上说,只是在心里念叨似的重复:"我有一口好棺,你有吗?没有!"

冬夜里,庄里的老头儿喜欢聚到福爷的屋里闲磕牙,来得早的,背靠棺材很舒服地蹲着,感觉到后背暖意融融。来得晚的,悻悻地盯那来得早的一眼,找个地方默无声息地屈下腿。熬不住,顺手从地铺下拽出两把豆秸烤烤。当烟雾伴着噼啪的响声在屋里弥漫时,老头们的咳嗽便加剧了。

奇怪的是,福爷从不怎么咳嗽。

人们背地里断言,那口黑棺能治病祛邪,要不福爷怎么一点毛病也

没有？

天气好的时候，福爷就到老黄河大堤上转悠。堤上有很多杏树和泡桐树。一到春天，杏花灿白，再晚些天，就是泡桐花了。福爷在那棵被刨了老桐树的坑里，又栽上一株精心挑选的桐树苗。

他想，要不了十年，它就成材了。

那天夜里，忽有人敲福爷家的大门，敲得很急。家里人开门一看，门外的两个人都是村里有头有脸的人物。

"福爷呢？"

"在屋里睡着……"

"俺爹过世了，先用福爷的'喜木'，改日还他副好的！"

"那，那……"

"那个啥？天明来抬！"

天刚麻亮，几个壮汉操着杠子、绳子拥进福爷家里。家里人慌忙找福爷，可怎么找也找不到。院子里乱哄哄的。

"反正打过招呼了，先抬走再说！"一个壮汉提议道。

几个人呼呼啦啦摸进没有灯光的堂屋东间，动手就要移那黑棺。此时一个人惊叫一声。

"咋啦？"

那人在黑暗中努努嘴——

仔细一瞅，棺材盖好像被人掀动过，错开半尺宽的缝儿，就像地狱裂开了。

"手电筒！"

光团在棺盖上晃了一下，掉进黑森森的缝里，几张脸就被这团光映得变了形。

棺材里躺着个人，是福爷！他身着那套寿衣，嘴角上凝着一丝微笑……

"福爷，福爷！"

一只手伸进去想抓福爷，没抓着，手电筒却蓦地灭了。

只听一声吓人的号叫。几个人跌跌撞撞地跑了出来，风似的卷出院子，留下一片悲怆的恸声。

福爷多活了十一年。

# 怪衣

还剩下最后一样了——是一件八成新的西服。

村长说，这一件留给根儿吧——这没娘没爹的孩子！

于是，大伙儿毫无异议地表示赞同。毕竟是市里捐赠下来扶贫的，给谁不是给？

根儿将近三十，是个孤儿，整天价追着村长要媳妇。村长被追急了，说，俺上哪儿给你整媳妇去，你要是个萝卜头大小的官儿，想要几个没有？

套上这件西服，根儿变了个样儿，身上光鲜多了。几个年轻孩子围着他寻开心。

根儿，你这一穿，可真像个新郎官儿……

这件衣裳不孬，最低是个局长或是个副处穿过的……

他们说着，还动手，抓起西服一角拿到鼻前闻闻。根儿就像个木偶，被他们扯得东倒西歪。在几个人的搓弄下，他脸上的表情真的严肃起来。在这严肃里，还有遮掩不住的兴奋和好奇。

真的吗？真的吗？

这还有假——你闻闻,这香水味儿多好,比红芋干子味儿强多啦!

他掀起衣领捂到鼻子,衣领上就沾上了一抹白色的污渍。

好,好!

将这件西服穿回他那老屋里,他看看没人跟着,便脱下来将各个口袋翻了个遍,看能不能找出一点值钱的遗物。翻着,还闻着,连扣子也没放过。闻着,他就想象这件西服的原主人是什么样的。闻了两遍,他发现特别是后边,有一股说不上来的味儿,怪不叽叽的,臭味儿不是臭味儿,香味不是香味儿。细想了一会儿,恍然大悟……

想到这一点,他激动得几乎喘不过气来,身子骨里便有什么急剧地膨胀,猛地将西服紧紧地搂在怀里,箍了又箍,一撒身子,便倒在床上,大叫,好,好!

有了这件西服,他的气色好多了。每到夜里,搂着那件西服打滚儿,抚摸一遍又一遍。闻着那片香水,就像到了高级宾馆;换上那片酒味儿,就像在酒桌上推杯换盏;碰上了那股怪不叽叽的味儿,就是到了澡堂……他尽情地潇洒一番,直到周身大汗淋漓、浑身无力方安生。睡梦中,他的嘴巴还是张开的,吧嗒吧嗒地嚼味儿。

白天,他穿着这件西服专往人堆里钻——西服被他压折得皱巴巴的,看上去就像拿碾子碾了多少遍一样。周围的眼光瞧他就像在打量一个走穴的明星。

人们很快看出他走路的姿势与以前大不一样,一步一颠的,像个小脚女人。头却抬得老高,眼睛里真有了庄里人从未见过的那种庄严。

根儿这会儿真像个人物哩!

他该托生个女儿,要是个女的,早成家了……

人们在他跟前调侃,他装作听不见。心里说这衣裳就是个女领导穿过的——这女领导是个啥样儿的,你见过没?

没多久,他明显地瘦下来了,好像缩小了一圈儿,脸上的骨头山包一样隆起,身上的那件西服扇子一般乱摆。庄里人说,根儿也学市里人减肥哩!

村长说,您别瞎嚷嚷,这样就好,这样就好……

说这话的翌日晨,村长一开大门,见一个人蹲在门旁,仔细一看,是根儿,头上的皮就紧了。咋,又来要媳妇?

俺的西服被人偷了!

你的媳妇被人偷了找俺能解决个啥问题,还不抓紧时间去找!

俺去找——俺上哪儿去找?

快去吧,去吧,听话!

根儿摇摇晃晃地站起,还没直起腰,往前一栽,蒲包一样倒在地上,两眼一闭,怎么喊也喊不应。村长慌了,急叫人把他送往乡卫生院。

送走了根儿,村长到大儿屋里转转,见大儿睡得正酣,嘴角上还挂着口水,心里想这孩子平日里没有这毛病呀。再一看,觉得不对劲儿——大儿是搂着什么睡的。一伸手,从被窝里拽出一样东西,一抖,眼光便直了——

正是根儿的那件西服。

# 刑发

县城小,轻易见不到败顶的人。看到电视里常有极亮的额头显示,有人就用羡慕的口气说,怪不得人家能上电视,瞧那头!

他在一边儿听了,心里猫抓一般,直恼自己。

在单位里,他的文凭是硬邦邦的,名牌大学毕业,且头发也是最好的。

三十大多了,还是又黑又厚,直遮住前额,好像将他的身份、学历也盖没了。没事的时候,他就用粗齿梳子将前沿的头发猛劲儿往后刮,好使天庭显露。可梳齿子断了几根,那头发却像硬草一般,压过去,一会儿又倒过来,一点没有"让贤"的迹象。

唉,这头发!

那一次开会,他见一位同事旁若无人地拔唇上的胡子。拔下一根,送到眼前扫描一下,往桌上一抹,再拔。受到启发,当晚他就照此办理。没料到头发比胡子根硬,每拔一根,面部的肌肉就跟着抽动一下,嘴里发出吸溜吸溜的声响。半小时过去,成效并不大,"手术"的那一丁点儿地方竟渗出了血。妻过来埋怨道,你傻了咋的? 人家想要好头发花钱都买不到,你倒好,遭这份洋罪!

他正烦,挥挥手没好气地说,去去,你懂个鸟?

拔不掉,就动刀。每天早上起来第一件事就是"净额",很仔细地剃出一个半月形的"开阔地"。剃好后,再欣赏一阵儿,满心的舒服。

第一次顶着"风度"去上班,着实让同事们大吃一惊。有人捂住嘴嘻嘻地笑。

嘿,伙计,你真像教授!

这一叫,都喊他"教授",他就应,身子挺高了许多。背地里也有叫他"清朝遗民"的,他知道了并不恼,只是淡淡地说,就这也比他高几辈……

时间长了,他觉得每天净额麻烦,费时费力,稍不留意,划拉出一道血口子出来,就将效果破坏了。特别是到下午,那块地方浮出一片铁青,没有了亮度。

得找一个治本的法儿! 他暗下决心,到处打听脱发的方儿,花钱从乡巫游医那儿买了几个"家传秘方",回家自行配制。洗净头,剃了发,就头上猛搓。用了这方用那方,效果没见,倒长出疙疙瘩瘩一片黄水疮。晚间上床,妻捂鼻推他。去,去,一头哄臭,别挨我!

他也知趣儿,挟了被子到客厅沙发上将就。心想,女人真蠢,哪知做男人的苦处！

　　头上的赖疮老是不去，疤还未定，硬扎扎的毛发便一撮撮拱了出来，活像月亮湾里的一丛丛礁石，动又动不得，洗又不能洗，他就闷在家里不见人。

　　许多天后，当他再次出现在单位时，人们看到他头上多了一顶样式奇特的帽子。还未等人家开口，他的第一句话就是——

　　这顶帽子不错吧？

玫瑰丛中
第二辑

第四辑
# 异象万千

这狗的眼很大,圆溜溜的,水亮亮的,见人来了,慌着跑过去,绕着人家的腿跫圈儿,然后将鼻子拱到来人的裆间嗅,吓得来人紧夹了两腿惶惶后退,瘸鸭似的……

# 巴巴拉拉之犬

那条狗从遥远的地方朝这里奔来……

新婚之夜,他在心里扇了自己一记很重的耳光,新娘不是他想的那样!

若干年后,他在喝醉了酒之后说:"少了那一圈儿,就巴巴拉拉的了……"

酒友都笑他,叫他"巴巴拉拉"。他也弄不懂"巴巴拉拉"到底是什么意思,总觉得这绰号对他来说好像是一种爱称。于是,他也甜甜一笑。

早些年,他极厌恶同妻子同枕共眠。在他眼里,妻子太丑了。丑得几乎能让视线扭曲。他和她的婚姻,是砖头和金块的结合,中间隔着一层薄薄的、已干透的黏合剂。当然,他是那金块。金块要改造砖头,尽管那砖头是从高等院校里烧制出来的。

这想法着实使他宽慰了一阵。但他不能容忍妻子的丑貌给他带来的折磨。为避免这一折磨,他一整天待在单位不回去,只到晚上需要睡眠,才记起还有个"家"。

他好喝酒,喝得好凶。酒在生活里积淀多了,就会演变成一种崇高而又低俗的文化。他就在这文化的长河里畅游,每每享受那涨潮时的快感。这种快感可以持续到第二天早上。然后,期待着下一个循环……

他绝不允许妻子破坏这种快感。很明显,一见到她那张脸,这快感很快烟散,变作另一种滋味。妻子早摸透了这一点,只要听到门响,就赶紧熄灯。他摸摸索索地脱衣上床,一夜无事。

那一夜，妻子太困了，抚书而睡。他进来，见灯光耀耀地照着那女人，就像见到一副蛇的面具。他扑上去将妻子猛地拖到床下，右手在半空中漂亮地画了个弧，便重重落在那张脸上——新婚之夜在心里打自己多狠，那巴掌就落下去多狠。

这一次是底下的面具歪了，还爬出一道细细的血蛇。它轻轻发生一阵呻吟，艰难地嗫嚅出几个字："你文明点好不好……"

他突然想开怀大笑，可笑不出劲儿。左右开弓在这张脸上增添了些手指印之后，便抖起丹田之气狂笑。狂笑中，他感到了一种满足，这种满足填补了快感消失之后的空白……

这以后，他常需要这种满足，好像是光大他的尊严——在他那么做的时候，妻子从不还手，算是给了他不少；而他，从不给那女人剩一点。

那年冬，街道上开始出现穿仿兽皮大衣的妇女。有一天，趁他高兴，妻子嗫嗫嚅嚅地说想买一件那样的大衣。"我……我也得打扮呀……"

"钱……"他伸出一只抓钩似的手。

女人掏出一卷偷偷攒了几年的"私房钱"。

他将票子一把夺来，装进酒气未尽的口袋，斜睨着那张脸。

"咱这是小地方……再说，你穿上那玩意儿……像……一只什么？"

那条狗已经跟在后面……

酒柜里的空间在天天缩小。每晚他都要打开看一看，但绝对不能喝——已当上局长的妻子不让喝。

他们搬进了一套更好的房子。他的工种也调了，很舒适的。

家里只要来人，他就担当起服务员的角色，递烟、倒茶，而后坐在一边望着妻子的脸。下了班，他不再多停一秒钟，只想为妻子分忧。

妻子睡前爱躺着看书看文件，他就默默地等着。等不及了，小心翼翼地上床，蜷伏在一边，权将眼皮当作开关。

一出门，人家对他都挺客气的，这使他感到很愉快。那些酒友碰见他，似乎很生气地埋怨道："嘿，巴哥，你也不跟咱玩啦……"

异象万千
第四辑

"出不来呀，不得闲！"

一切过去之后，他常常感到一种莫名其妙的害怕，身子骨里老像有什么东西往外拱，急得他两只手直搓，搓得汗渍渍的……

他最担心的是妻子要买大衣那件事。还好，她从不提这档子事。这女人，真是块金子！

他终于憋不住了，向妻子提出要喂一条狗。

妻子用眼瞟瞟他。那意思他瞬间就领会了。

那条狗跑到他面前……

他是在黑市上见到这狗的。当时，这鬼精灵径直从卖主那儿蹿过来，直蹭他的腿，尾巴做出的动作很优美。

他心里咯噔一下：这不就是多少年来在梦中见到的那一条吗？

天意，天意！

那间小贮藏室专意腾出来作为狗窝。拴好狗之后，他伸出右手轻轻拍拍狗鼻梁，然后一掌下去———打妻子多狠，打这狗就有多狠——狗倒地翻个滚儿，龇着牙呜呜地惨叫……

他乐了，哈哈大笑起来，积压在身子内里的那种东西全通过这一掌传递出去……他不再感到害怕。

从这天起，他就用这种方法调教爱犬：打一个嘴巴给一块肉吃。

中秋节前，一拨一拨的人来请妻子赴宴，当然也有他。每来一拨，他就用眼光向妻子乞求。直到最后，妻子才给了他一个信号：要去你自己去。

他就随人去了。连喝了三家，身上的热浪一波高过一波，几乎要将灵魂荡出壳外。

半夜里，他歪歪趔趔晃出酒场。人家要送他，他就恼了："谁送我……我骂他八辈！"

夜风很瘦，月亮长出很多杂毛。小船老是乱悠，旁边就是深渊……

停下，停下！他对看不见的船夫说。站在小桥上解开裤，痛痛快快地撒了一泡尿。

"好酒,好酒……喝了咱的酒!"他唱。

一条黑影蓦地跃进他的视野,也跌进他的灵魂,在身子骨里爆裂……

"把灯熄掉,把灯熄掉,"他对月亮喊,"我不要看到你这个丑脸!"

一股股糊状物从他嘴里喷射出去,先是白的、绿的,后是黑的、黄的……

那黑影就在他腿边蹭。他抓住它,死命给了它一掌——新婚之夜在心里打自己多狠,那巴掌就落下去多狠。

他听到一阵悦耳的响声,那是口腔中最重要的器管发出的。这一年多他听惯了这响声——只有他一个人能听得到。

响声过去之后,那黑影瘫在地上一动不动。他将它拖到桥下,身子一软倒下了,和黑影儿躺在一堆。良久,他打个滚儿,紧紧搂住那狗,嘴里发出一丝很细的声音——

"老婆……人家送你的这件兽皮大衣真暖和……"

第二天,人们在小桥边发现一条死狗,是被勒死的。

有人认得,说这是巴巴拉拉的宠物。

(注:"巴巴拉拉"系豫东方言,意为"不完整,有缺陷"等意思。)

# 暗码

女人住进这幢豪华别墅时,还没有那条狗。

空荡荡的别墅里,除了高档电器发出的声音外,就再也没有别的动静

了。女人每天给自己安排的事儿就是楼上楼下地转悠，查看各个门窗是否关得严实，而后懒散地往沙发上一歪，陪着电视机消磨时光，直到进入梦乡。

她要等的就是那个男人来与她相会的日子。在约定的日子，她早早将自己打扮妥当，对着镜子左看右看，脸上才浮出一丝浅笑。

忽然，电话铃响了。拿起话筒，那个声音说，宝贝，有事不能来了，改日加倍偿还……

她就嗔道，人家都想死你了，天天在这儿干熬，你怪开心的，夜夜有人陪，我呢？

话筒里那个声音笑了，说，别醋，别醋嘛——你想要什么不给你？

她想想说，我要一条狗——就是和狗狗说说话也解闷儿……

狗狗？好的，好的——我早就这样想了……

于是，没过几天，那狗就来到了她身边。男人说，这狗是洋种，名贵得很，我花了五百美元才弄到手。

有了这条狗，她的日子里就增添了色彩。

那狗一身长毛，金黄色的。毛从脊背两分，看上去像是劈了叉的鸡毛掸子。不论女主人走到哪儿，它都寸步不离，连去卫生间也不例外。

女主人歪在沙发上看电视，就让它卧在自己的大腿之间，用梳子一下一下地梳理它的长毛，梳好这边梳那边，还喷上男人专意带来的香水。一到这时，狗的鼻子便一耸一耸的，挺惬意的样子。

这狗的眼很大，圆溜溜的，水亮亮的，见人来了，慌着跑过去，绕着人家的腿踅圈儿，然后将鼻子拱到来人的裆间嗅，吓得来人紧夹了两腿惶惶后退，瘸鸭似的……

过了一段时间，男人回来了，一身香气。拥着她时，男人问，这狗不赖吧？

不赖是不赖，就是有点怪——光咬男人不咬女的……

男人呵呵地笑了，笑得很鬼。这就好，这就好……

你准不是在它身上下了什么功夫？

啥的功夫？啥功夫也没有……

男人走后的第二天，她拨通了另一个人的电话，说，你不用再害怕，我知道那狗的暗码了……

# 巴高哩

机动三轮车早早就回来了。车斗的一角，血迹斑斑的编织袋上，卧着一条瑟瑟发抖的卷毛狗。

女人问，又带回啥了？

臭儿说，你自己瞧瞧——是个好东西哩！

女人粗壮的手指揉着眼角，勾头往车斗里一望，脸上就起了霜。

啥的好东西——是条赖毛狗！

你不懂的，这是外国种儿，值千把块钱哩！

屁，十块钱俺也不要，错不了碰上你这个瞎包儿！

臭儿忙堆起一脸笑。没花钱，是个朋友给的，那人可有权……

咋唤它？

叫巴高哩！

巴高哩，巴高哩……

臭儿是个肉贩子，驾着机动三轮走村串乡收死猪死羊，经常天不明就往市里跑，早晚的给女人捎些穿的用的。院里屋里断不了腥臭味儿，只有女人身上还残留些脂粉气儿。臭儿见市里的那些娘儿们早上在路边散步，脚后

跟着个猫大的京巴狗，一颤一颤的，就想自己的女人也该那样……

巴高哩浑身脏兮兮的，眼睛被一缕缕乱毛遮着，看人得从缝隙间看，跑起来似半截鸡毛掸子在地上乱窜。头两日给骨头给肉它连闻也不闻，女人就烦了。

饿死你这杂种！

市里的狗和咱这儿的不一样，是喝牛奶吃面包长大的。臭儿小声解释道。它怯生，过几天就好了……

臭儿外出，便将女人和巴高哩丢家里——有那条狗陪着，女人不至于太寂寞。

时间不长，那狗真的和女人分不开了，在女人脚前腚后踅圈儿，一高兴还在女人两腿间钻来钻去，再就地打个滚儿，逗得女人叽叽嘎嘎浪笑。女人看电视，那狗也看。见荧光屏上有自己的同伙，便兴奋地叫几声。有时立起身，前爪乱舞，像鼓掌又像作揖。做完动作再看看女人，讨赏一般。

巴高哩好吃素，红薯、胡萝卜、豆浆等都是它喜欢的美味。吃饱了，拱到女主人怀里，打着滚儿舔毛。夜里，听得床上有动静，它便急得呜呜低叫，好像女主人有了什么危险……

这家伙就是和咱乡下的不一样！

外面的狗进了院，巴高哩会狠命地叫几声，飞一般冲上去。跑到跟前，却将尾巴摇了又摇，竟扬起头嗅比它大几倍的同类的腚沟儿。不速之客被它这一嗅，夹紧了尾巴，害羞似的跑了。跑到院外，歪着头细看。

巴高哩，巴高哩！

听得唤，巴高哩胜利者一般跑回屋里。

冬日里，臭儿给女人捎回一双高级皮鞋。皮鞋刚掏出来，巴高哩不知从什么地方钻出来，对着那双皮鞋直立起身子，激动得又是鼓掌又是作揖，跳舞一般……

俺说它见了电视里的这物件咋这样，原来是为了……

是条好狗，好狗……

它咋叫这个名儿,洋里洋气的。

我想那一家巴望着高升哩,就起了这名儿……

你这一辈子总不能光想着摆弄这羊头猪尾?

等弄足了钱再说……

瞧你这熊样! 女人笑了。

熊样不熊样的,明个儿我也得弄双皮鞋穿穿!


# 庆寿

　　再过几天就是母亲七十岁生辰,三个孩子张罗着要为母亲祝寿。母亲说,你们都很忙,啥生日不生日的,这几十年都过来了,还在乎这一天——只要你们好好工作,不犯错误娘就高兴。

　　作为兄妹中的老大,他已经与两个妹妹商量妥:那一天要隆重地办一下。大妹说,咱爹走得早,咱娘拉把咱仨不容易。哥,听你的,你说咋办就咋办。小妹说,你这会儿也是个有头有脸的人物了,咱娘的寿宴是得大办一下,隆谢母恩——哥,叫我操办啥?

　　他对两个妹妹说,您啥也不用管,一切有我哩。

　　母亲进城后,一直轮流住在两个妹妹家,吃喝拉撒睡都是妹妹家照护,他这个当儿的只有节假日能去看望一下,带去营养品什么的,和爱人一道给母亲洗洗脚、剪剪指甲。来去匆匆,老觉得在母亲身边尽孝太少,常怀内疚,

异象万千
第四辑

也觉得对不住两个妹妹,想乘此机会以表谢意。于是,在高级饭店订了两桌。

到了那天早上,大妹突然打来电话,说母亲一说去饭店,咋也不愿意,就想在家里吃——我们这就去菜市场。

桌都订好了,在家吃多麻烦,洗洗刷刷的,麻烦累人。

我也是对咱娘这样说的,就是劝不动她,非得在家不中。咱娘的脾气你知道,会过一辈子了,连一个线头都不舍得丢,我是没法儿。

那就依着她老人家吧。

到了大妹妹家,人都到得差不多了。晚辈们依次向老人家祝福,老人家喜得两眼合缝、满脸溢笑。热腾腾的菜肴上来,两桌——孙子辈在客厅吃,有说有笑有唱。

红酒斟满后,妹妹和妹夫望着他,他就向妻子丢了一眼。妻子会意,两人同时站起,一左一右,双手端起母亲面前的这杯红酒,连鞠三个躬,泪珠就滚了下来。

妈,我俩敬您老一杯……

好,好。都端起来吧。

妹妹和妹夫都站起来,向老人家鞠躬颂德。

好,好,都坐下吧——俺一个乡下走出来的老婆子家,哪有恁些功德?

妈,没有您,就没有我们的今天,也没有我们这一大班子人家……

还是叫娘吧,听着顺耳。

娘,儿听您的,听一辈子!

接着,他两口子又与妹妹妹夫推杯换盏,言语温馨,暖人心肠。

哥,咱娘知道你和嫂子忙,三天两头不着家,有我们敬奉老人家您放心吧,这也是我们应该的。

家有老人是个宝,也是咱的福——咱娘经常念叨你和嫂子,说你俩能好好为老百姓多做实事好事就是对老人的最大的孝。咱娘还说,这会儿不愁吃喝不愁衣,天天就像过年一样,咱还图啥,就是图人人走正道,个个有出息。

别看咱娘文化不高,可她身上的东西咱一辈子也学不完——正直、慈祥、勤俭，用伟大一词来形容绝不为过——来，为伟大的母亲干杯！

老人家将杯里红酒一饮而尽，左顾右盼，从旁边抽出一张报纸，他一瞅，脸上的皮就紧了。大妹妹赶紧揩了那张报纸，说，今个儿高兴，为您老人家庆寿哩，咱可不生气，啊？

老人家窝窝嘴，正了脸色说，俺不会生气，就是想说说——这报纸上登着你的名儿，名儿不错，就是年龄咋小了四岁，这不是往俺这张老脸上贴白条么？

他抹着眼角上的液体，连声说，娘，不是的，不是的……

咋不是的——白纸黑字，俺再瞎字不识几个，俺儿啥会儿生的俺还会忘么，俺儿这名字俺还不认得么？

小妹妹打圆场道，娘，这报纸上经常出错，公示的名单也可能出错，放心吧，俺哥是不会改年龄的……

老人家并不理会小女儿，慢语道，人家出错，咱可不能出错，这一出错，你大妹妹是喊你兄弟还是喊你哥？儿啊，娘不指望你升啥的官儿，就是想叫你好生做人……

他扑通一声跪下，妻子想拉没拉住，小声说，小孩子都在外边哩，看见了多不好。

叫孩子们都过来吧！老人家突然抬高了声腔。

孙子辈正商量着咋给老人家敬酒，听得这一声唤，便兴奋地前扯后拉地涌进来。可眼前的肃穆使他们咽下了声音——

六个大人都跪向老人家，其中一个伏在老人家的腿上，双肩微微耸动着……

于是，孙子辈扑扑通通地俯身跪地，营造了一片静寂。

老人家轻轻抚摸着儿子的头，而后拍拍那肩膀，一声长腔打破了静寂——

起来吧，站直喽！

# 陪葬品

她又出现了。一袭灰衣,很陈旧。

保安很友善地向她点点头,自动门便打开了。她踩着碎步,巍巍颤颤地走进这园林一般的大院。这时,她听到了狗叫声,一丝笑意便枯藤似的爬上了满是皱纹的脸庞。

这是郊外一个有名的犬场,繁育和训练国内外各种名犬。她是这里的熟客,也是一条犬的主人。不论是刮风下雨,还是秋冬寒暑,她的脚步都会踏进这个大院。

两年前,这位老妇人第一次进院,还牵着一条赖赖巴巴的小狗。

能收下我的这条狗吗? 她找到管事的央求道。

人家看看她那条狗,笑笑。我们这里不训练这样的狗,它太老了……

我不是让你们给它训练,能寄养在这里就成——是我太老了……

仅仅谈了十几分钟,双方就达成了协议:小狗被寄养在这儿,每月收费七百,她可以随时来看她的狗狗。从此,她的影子就成了这里的一部分。

被寄养的小狗狗是条血统不纯的京巴。浑身乱毛,眼睛被遮挡得像是掉在草窝子里的玻璃球,使人怀疑它是不是能看清面前的这个世界。

乖乖儿,老妈给你送好吃的来了! 每次到了那豪华的狗舍前,她都会这样说。从塑料袋里掏出骨头或排骨什么的往里面丢。那狗每次都懒懒的摇摇尾巴，算是打了招呼。对她丢下的东西只是不慌不忙地闻闻，她就不住地与爱犬长一句短一句地唠叨。

这里喂狗的大都是外地来的小伙子。出于好奇，不知深浅的上来想与她搭话。那厢好像早准备好了似的，对来者迎以微笑，指指犬舍里的活物问，它怎么样？

不孬，是条好狗。

我原先也是乡下人——喔，那是几十年前的事了……

小伙子说，俺也是乡下来的……

乡下好，乡下好哎……

那个塑料袋突然被高高扬起。它不吃，你吃吧？

小伙子吓得身子一晃。趔趄后退。不，不。

狗能吃，人也能吃——我就是吃这个的，吃这个的……

小伙子眨巴眨巴眼。老人家，我送送您吧？

不要，不要。她吃力地扭过去头，往狗舍里瞟，眼神就像是秋风里的烛光不住地抖动。它活着，我就活着……

事后，有对她略知一二的嚼舌头道，十几年前她的丈夫犯了大法，被枪毙了，给她留下了一处豪宅和两辈子都花不完的钱。问她那狗能上多少价，答曰，二百都不值……

改日，她又在那个时间来了。不过身旁多了一根拐棍。她径直找到那个小伙子，一手扶着拐棍，一手从身上摸出一大把票子。乖乖儿，托您一件事儿……

这钱俺不要，有什么事儿，您老人家尽管说。

她鼓瘪鼓瘪嘴，笑着说，哪一天我要是被送去了火葬场，可别忘了让它陪我一起走……

狗叫了。

# 寻牙

我的牙呢,我的牙呢? 对着镜子,他惊恐地自问。

镜子里的这个人,嘴巴有点不对劲儿,偏斜。脸庞好像没有以前丰满了,似有什么力量往一边使劲儿,把个好端端的腮帮子都给拉瘪了。

牙会掉什么地方呢? 他怎么也想不起来。昨晚没有上哪儿去呀,就是散席后洗澡去了⋯⋯

假牙是进口材料配制的——医生说,这样的两颗门牙抵一个农民一年的收入哩。他很爱惜这两颗假牙,每天睡觉前,都要亲自将假牙拿下细细地擦洗一遍。擦洗好后,放进一个精美的玻璃瓶泡着,再欣赏一会儿,方能安生入睡。昨晚因为太疲劳了或者是喝高了,进屋躺倒便睡,这个程序被忽略了。

没有了假牙,他嘴里空落落的,还漏风。不能这样见人哪。他想。得找个东西遮掩着。扒拉了半天,找出一个口罩戴上。到办公室刚坐下,秘书就进来了,眼睛如同探照灯似的一扫,软软地问,您感冒了——上医院看医生吧?

他摇摇头。

要不我给您拿药去?

他摆摆手。

虽说刚开春,可室内没有一丝寒意。戴上了这个口罩,他老盼望着温度尽快降下来。于是就在纸上随便涂了几个字——请密切注意天气变化。

秘书拿了这张纸,反过来正过去地看,退后一步走了。

我的牙会丢在哪儿呢? 一上午他的脑海里盘旋着这样一个问号。下班了,他经过楼下大厅,看见黑板上有一行漂亮的行书——请密切注意天气变化!

这是怎么回事? 他把秘书招来,指指黑板。秘书说,这是根据您的指示写的。

他摇摇头,想把口罩抹掉,觉得不妥,手就停在了半空。秘书盯着那只手,看它不动,自己也不动,足足有十几秒。那手终于动了,还翘起一根指头。那指头指指口罩,秘书的脸便跟着凑近了些。看不出什么,便像犯了什么错似的将嘴瘪了。那根手指头又动了动,秘书便踮起双脚,仔细地看,还是看不出什么,鼻尖就渗出些亮晶晶的液体。

牙,牙,牙! 口罩里蹦出了几个字。

秘书明白了,转身将黑板上的字擦掉,哗哗地写下一则"寻牙启事"。

他点点头,嗯嗯了两声,终于放下了那只手。

启事发布不到三天,他居然收到了十几颗假牙。送假牙的有洗澡堂的老板,有酒店的小姐,还有收废品的,更多的是其下属。他看看那些牙,都不是,喉咙里便叹出一声。唉,我这两辈子也用不完哪!

此时,秘书也戴上了口罩。出门一看,几乎每个人的脸上都捂着厚厚的一块,白晃晃的一片。

看样子,有的牙是不能乱掉的! 他想。

他不知道,街上流传着一个说法:一两颗那样的假牙可以换一枚好戒指。

异象万千
第四辑

# 成长密码

手机响了。

他看看号码，对妻子说，是表哥的。

表哥是乡下的，拉巴三个孩子，两女一男。多年来，他和妻子尽力帮助表哥，不止一次地对表哥表嫂说，再苦也得让孩子上学，没有文化人生就没有绿色。每每说起，表哥两口就频频点头。

为了三个孩子上学，表哥两口除了种好家里的那几亩地，大多时间是在市里的一个豪华小区做保洁工——是他介绍的——每个月可有千把元的进项，这多多少少可以积攒些学费。

表哥在电话里说，儿子考上大学了，想请您两口坐坐，说说话儿……

他一听话音便明白了，说，这好，这好——咱别坐了，花那个钱干啥，省出来给孩子上学用……

电话里说，咱不入大店进小餐馆不中吗？

他和妻子交换了一下眼色，便答应了。

到了约定的时间，他偕妻子去了，身上还带着一份给孩子上学的礼物：一张银卡。

进了那个小店，见表哥两口和那个孩子都在等着，便不好意思地笑笑。

几个月不见，这孩子又长个儿了。

光长个儿不长心眼子……

那男孩已十八,嘴唇上有一溜黑乎乎的软胡。听得大人说他,便斜了眼珠子白父亲。母亲就扯扯孩子的 T 恤衫。

男孩的手机响了,是很流行的那种彩铃。男孩掏出手机,很潇洒地举到耳旁。喂,喂……哪个网吧?好,好……待会儿见……OK!

午餐很简单。两瓶啤酒,四个小菜,五碗烩面。

两杯啤酒下肚,表兄弟之间的话头子就稠了。表哥说,这些年多亏了你俩照护,孩子才能有今天。

这是孩子争气,也算嫂子和你没有白辛苦……

表兄叹了口气,过早衰老的脸蒙上了一层白霜。

学费的事儿你们不用愁,妻子插话了。俺俩给孩子带来一张银卡……

不能再要您的钱,不能再要了,再要了……

不过有一条:密码现在不能给,到万不得已的时候,我自然会告诉……

表兄脸上的肌肉抖了抖,瞟了儿子一眼。那男孩好像没有听见什么,站起来就往外走。

你这孩子,连声招呼都不给你叔婶打就溜!

男孩两腿圆规似的旋了半圈儿,拿手机的手垂了下来。

不是给我打招呼,是该谢你爹娘一声——你这孩子以为啥都是该给你的?

妻子肘了他一下,他反而将声音拔高了。

你就是大学生、研究生、博士、教授中不?可学历再高,本事再大,不知感恩、报恩,连自己的父母都不知惜怜、孝敬,还算个人吗?你知道你爹娘为了你们捡过垃圾,卖过热血,啥苦没吃过,啥罪没受过,我看着都掉泪了……你啥会儿知道爹娘不易,啥会儿知道社会是最好的大学,啥会儿知道生活是最好的老师,你啥会儿再登那金字塔——给你爹娘跪下,跪下!

男孩愣了一下,惶惶四顾。顷刻,圆规便在无声中折了、矮了……

男孩上学走后,他老是后悔,后悔对这孩子太“那个了”。妻子就劝他,这有啥——玉不琢不成器,子不教不成才,应长辈的说孩子该——不管不问

139

就是过！

之后，两口子去表哥那儿更勤了。小酌时，他就问男孩的情况。提起男孩，表兄脸上便漾出笑意，只说一句，懂事了，懂事了……

多天不见怪想他哩……

学校放假他也不回来，打工，还到社区做什么工？

义工？

是，是，是。过年时还寄回来五百块钱，你嫂子拿着汇款单哭得都背气了……

都怪我对孩子太狠了……

咋能怪着您？对您，俺这一家谢都谢不及……

他猛喝了一口酒，攥着空杯子，结结巴巴地道出一个秘密。那个……卡里并没有……多少钱……

表哥并不感到惊讶，淡淡地说，兄弟，这不在钱多少，而在孩子自己心里能长出多少……

他眼睛忽地亮了。老表，咱俩再碰一杯！

那个五月的一天下午，空气沉闷。他的手机突然响了，是外省一个陌生的号码。一个沙哑的声音重复了几遍，他才听出是那男孩打来的，心跳便不由得加快了。

孩子，听你爸妈说你去了四川地震灾区……

是，表叔，我现在正在做我应该做的，这些天所见所闻使我的眼泪流得太多太多……今年我正赶上毕业，我已经报名到这地方志愿支教。

好，好，好……他抹着溢出的泪水，说，你知道那银卡的密码吗？

不知道，可就是在破解密码时我明白了许多——表叔，您不必告诉我密码，啥时破解了，啥时我见您！

好孩子，你已经破解了，破解了，是表叔错看你了……

表叔，那一天我给您跪下时，我就知道该从哪儿破解密码……

孩子，你不知道，那卡里钱不多……

表叔，这密码要比金钱大得多……

　　他的喉咙好像被什么堵住了，嘴巴嚅动着，却吐不出一个音节。耳郭里胀满了断断续续的抽泣声。

　　于这声音里，他望见了一片葱绿。

异象万千
第四辑